JACQUES SIMÉON

À BOUT PORTANT

Illustrations par Carl Spriet

MONDADORI

PRÉFACE

Connaissez-vous un chasseur capable de faire taire toute une ligne de tir au cours d'une battue ? Personnellement, j'en connais un qui n'a rien d'un dangereux psychopathe et encore moins d'un préfet bigleux tirant de travers. Au contraire, il s'agit d'un véritable sabre, en l'occurrence, de Jacques Siméon. Ce garçon a capitalisé tant d'heures de chasse que sa maîtrise des armes doit logiquement figurer au Patrimoine de l'humanité. Alors, plutôt que tirer, nous préférions admirer ces oiseaux chuter en tournoyant avec grâce, emportés dans un mouvement parfait. Jacques Siméon rendait la mort belle à coups de Purdey ou de Granger. Les faisans boudaient nos fusils pour mieux précipiter leur destin vers sa canonnerie.

Si Jacques manie sa paire de platines comme le comte Clary, sa plume n'a rien à envier à un Jean Lurkin, talentueux chasseur-écrivain wallon. Jacques, avec son regard juste, compassé, mordant et caustique peint une galerie de portraits et de situations engrangés tout au long de sa vie de gentleman-chasseur dont plus de vingt-trois années passées à La *revue nationale de la chasse*. Des millions d'entre nous se sont marrés à l'évocation de ses expériences cynégétiques de par le monde et, souvent, au sein du « Grand Monde ». Avec lui, c'est toute la flamboyance de la chasse de classe internationale. Mais ne nous y trompons pas, Jacques se réclame d'abord de sa terre amoureuse de Seine-et-Marne.

Cet ouvrage forme un testament vivant d'une chasse dévergondée et classieuse, saupoudrée d'escapades à Vichy, Deauville ou Madrid pour plomber des zuritos endiablés, ces pigeons nerveux tirés en compétitions internationales. Voyez-y un salutaire coup de chapeau, absolument incorrect d'un point de vue politique. Jacques s'en fiche comme de sa première paire de Saint-Hubert. Il additionne ici ses chroniques et ses histoires sur les travers de notre société qui ne comprend plus rien à l'homme, dès lors qu'il chasse.

À ses côtés, pour imager tant de souffle, Carl Spriet, illustrateur talentueux qui dessine en marchant, qu'il neige, vente ou pleuve. Son œil amoureux de la ruralité et de l'humanité nous a séduits. Par son travail, il apporte cette note juste, ces gestes incisifs, ces regards de connivence entre chasseurs, témoins de la vie et de la mort. Certains y verront peut-être d'ailleurs un clin d'œil à Lamothe, ciseleur de La *revue nationale de la chasse* dans ses plus prolifiques années. Jacques m'a fait l'honneur d'écrire cette préface alors que je tire comme un pied-bot. Allez comprendre ! En tout cas, j'accède à sa demande avec l'ineffable joie du gamin porte-carnier, si heureux de plastronner à côté d'une telle célébrité cynégétique.

Antoine Berton

PAUSE CAFÉ

Les brèves de comptoir me ravissent : vous savez, ces affirmations péremptoires que l'on entend dans les bistrots à l'heure de l'apéro. L'autre jour, caché derrière mon journal en prenant un café à l'autre bout du zinc, j'écoutais trois copains, probablement ouvriers du bâtiment, refaire le monde.

Quelques « y'a qu'à » et autant de « moi j'te le dis » plus tard, après le déficit de la Sécurité sociale comblé et l'affaire irakienne réglée, il fut question de chasse, et plus précisément d'armes de chasse. Cheminement naturel de toute conversation qui passe immanquablement du coq à l'âne, un grand et fort qui jusque-là n'avait pas moufté sur le remboursement des médicaments, ni sur la politique américaine au Moyen-Orient, tant ses comparses, un petit chauve à lunettes et un rouquin boutonneux étaient experts en ces matières, leur fit un cours magistral. Il tenait enfin sa spécialité. Car lui avait chassé, patronne remettez-nous ça, et tout gamin encore, et le sanglier ! Même que dans son village, parfaitement, il rabattait et que son oncle était un sacré tireur. Mais attention, le sanglier, ça se tire pas avec un fusil à flèches, faut du solide.

– Un juxtaposé qu'il avait mon oncle, du gros calibre.

– Du 22 long rifle alors, risqua le rouquin.

– Du 22, où tu vas avec ton 22 sur des bêtes de trois cents kilos, ou plus des fois, si ça te charge. À la morgue que tu vas et direct !

– Le sanglier c'est dangereux approuva la patronne en reposant un verre qu'elle venait d'essuyer.

– D'accord mais le 22, ça n'empêche qu'en Afrique on tire des éléphants avec !

– Des éléphants, pourquoi pas mammouths et compagnie avec ton 22 qui te ferait même pas péter les boutons qu'tas sur la gueule. C'est du 12 qu'il faut, avec des balles explosives. Et j'vais t'dire, mon oncle y nous montrait : dans un chêne qu'il tirait, un gros qu'était là depuis Charlemagne qu'on disait. Traversé le chêne qu'il était, et aussi l'arbre derrière. Des trous gros comme des soucoupes que t'aurais pu y passer le bras.

– Sûr qu'avec les sangliers, c'est ce qu'il faut se permit la patronne, ça a la peau dure !

– Je veux que ça a la peau dure. Sacrément ! dit le gros en reposant son pastis.

– Mon cousin, c'est du 16 qu'il tire, mais y chasse pas le sanglier ajouta comme timidement le petit chauve qui ne voulait pas rester en reste de la conversation. Y chasse la grive.

– Certain qu'avec sa pétoire, y va pas s'attaquer au solitaire rétorqua le gros qui ne voulait pas perdre la vedette. Le 16, c'est tout juste bon pour le ramier.

– N'empêche dit la patronne, la grive c'est bon aussi.

Ayant un rendez-vous, je quittai l'établissement à regret, laissant les trois compères à leur discussion. Certes leurs notions balistiques et cynégétiques étaient à revoir, mais à aucun moment n'était apparue la moindre critique concernant la chasse.

Tant que les sangliers pèseront trois cents kilos et que les grives seront bonnes à manger, la chasse aura de beaux jours devant elle.

MICOU

Je n'allais pas à l'école. Pour des raisons que je ne m'explique pas encore aujourd'hui, à l'âge ou les autres enfants découvrent les joyeusetés de l'alphabet et la cruauté des préaux, on m'avait confié à mes grands- parents.

À la retraite, mon grand-père ayant cédé sa ferme toute proche à son plus jeune fils, ils habitaient une maison entourée d'un parc, à la sortie d'un village. Tous les matins une vieille dame charmante, ancienne institutrice, m'apprenait à lire et à écrire en me gavant de gâteaux. Le jeudi après-midi la fille du notaire, qui s'essayait à la peinture et ne deviendrait pas Marie Laurencin, faisait mon portrait. Les autres jours de la semaine, mon grand-père m'embarquait dans sa Traction Avant et nous allions vérifier l'état des cultures, blés, betteraves et luzernes, qui n'étaient plus les siennes. On le voit, la relégation n'était pas si pénible.

Lorsque la chasse était ouverte, cela devenait carrément paradisiaque : car le cher vieil homme prenait son fusil et sifflait Micou. Micou était un grand caniche noir, frisé comme un mouton et sérieux comme un radical-socialiste. Il aimait son maître comme seuls les chiens peuvent aimer et mon grand-père adorait son chien. Lorsque nous arrivions sur le terrain dans la 11 Citroën, nous descendions de voiture pour vérifier d'où venait le vent, puis tout doucement, par les chemins verts délimitant les pièces, nous allions jusqu'à l'endroit où devait être déposé le chien. Parfois une compagnie de perdreaux s'envolait presque sous nos roues, que l'on suivait des yeux jusqu'à ce qu'elle se repose. Ou c'était un grand capucin qui filait droit devant, oreilles couchées, avant qu'un brutal changement de trajectoire ne le mette à l'abri d'un couvert.

Débarqué, Micou s'asseyait, truffe en l'air, regardant calmement la voiture s'éloigner pendant que nous allions nous placer à deux ou trois cents mètres de là, sous le vent, généralement à l'angle d'une remise. À l'époque ces remises étaient nombreuses dans la plaine, quelques dizaines d'ares au plus, avec souvent une mare au centre procurant parfois la surprise d'une sarcelle ou d'un colvert, et toujours l'envol bruyant d'une bonne douzaine de ramiers.

Selon la force du vent et l'agencement des cultures, selon qu'il voulait ce jour-là rapporter en cuisine un lièvre plutôt qu'un couple de perdreaux, en chasseur connaissant son territoire et les habitudes du gibier, mon grand-père choisissait sa place : devant, derrière le rideau d'arbres ou encore sur le côté, à quelques dizaines de mètres. Puis il chargeait son juxtaposé, une rouge à droite, une bleue à gauche, huit et six en carton paraffiné, poudre T. Il tirait alors de sa poche un sifflet à roulette comme en ont les pandores et soufflait longuement dans l'accessoire, une seule fois.

Au signal le grand caniche commençait sa quête, lentement, en lacets réguliers, avec des allures de braque français. Ce chien aurait pu faire polytechnique et sortir dans la botte. Pour preuve, il ne courait jamais direc-

tement après un lièvre mais tentait d'infléchir sa trajectoire pour le diriger vers son maître, abandonnant aussitôt sa poursuite après l'avoir mis dans la bonne direction et l'abandonnant encore si l'animal partait dans une direction opposée sans plus d'espoir de le ramener sous le fusil. Jamais je ne l'ai vu courir sous l'aile d'une compagnie ou revenir droit sur nous. Il battait simplement la plaine à la manière d'un essuie-glace, les chaumes, les luzernes et les betteraves, comme s'il travaillait pour dix chasseurs la remontant en ligne. Micou n'avait probablement pas beaucoup de nez mais une formidable jugeote et l'immense besoin de faire plaisir à un maître à qui il permettait de chasser encore, malgré des jambes qui le portaient difficilement.

Pour mettre au carnier les deux ou trois pièces, jamais plus, que mon grand-père s'était fixé comme limite, il était rarement nécessaire de recourir à une seconde manœuvre. J'avais beau prétexter l'arrivée imminente de cousins dont le penchant pour le gibier lui était connu, lui rappeler la diminution inquiétante du nombre des terrines dans le garde-manger, ou faire valoir que le don à nos voisins d'un joli spécimen ne pourrait qu'améliorer nos relations, rien n'y faisait. Le brave Micou devait regagner la banquette arrière et comme moi attendre le lendemain.

PAR PLAISIR

Pourquoi chasser encore au XXIe siècle ? Certainement plus pour se nourrir et moins encore pour se défendre.

On chasse donc par plaisir, et seulement par plaisir. C'est bien là que le bât blesse. Le plaisir suscite jalousie et envie. Le plaisir est suspect, inquiétant, scandaleusement joyeux, et pire, passé de mode. Il est hors la loi dans un monde bien pensant qui accepte les pires horreurs pourvu qu'elles soient commises avec gravité.

Au chasseur qui agirait par devoir on pardonnerait toutes les hécatombes. Mais celui qui revient avec une bécasse tirée à l'arrêt de son chien en la portant comme un trésor, celui-là n'est qu'un ivrogne doublé d'un assassin. Le travail du chien, l'oiseau bloqué, son envol bruyant, sa chute, autant d'émotions impardonnables.

Il faudrait donc remplacer les chasseurs par des fonctionnaires qui auraient pour mission d'éliminer les animaux en surnombre. Une mesure déjà prise chez nos voisins suisses dans le canton de Genève pour le plus grand bonheur des contribuables, comme pour celui des chevreuils, des sangliers et des renards locaux : si l'on pouvait les faire parler, ils nous diraient certainement que la balle qui les élimine désormais est infiniment moins douloureuse que les projectiles utilisés auparavant par ces salauds de chasseurs du bord de lac, qui certainement y trouvaient du plaisir.

En dehors du fait que l'on ne peut pas suspecter un fonctionnaire d'éprouver une quelconque satisfaction à effectuer un travail pour lequel il est payé, la généralisation de cette mesure aura pour avantage de gonfler les effectifs des agents de l'état et de calmer les syndicats qui les tiennent toujours pour trop faibles. Pour ce qui est de l'équipement, armes, munitions, véhicules et tenues, des appels d'offre seront nécessaires qui relanceront la production industrielle.

Quant au statut de ces nouveaux fonctionnaires, il fera l'objet de discussions entre les partenaires sociaux. Il faudra se mettre d'accord sur le temps de travail, vingt ou dix-sept heures, sur les avantages en nature, sur les retraites et sur les primes diverses, sachant que c'est une activité pénible, car de plein air, de plus exercée aux heures de sortie des animaux, c'est-à-dire bien avant que la majorité des commis de la Nation ne soit levée, et bien après qu'elle soit couchée. En proposant la retraite à trente-cinq ans, on devrait pouvoir tempérer cette inégalité et éviter à ce corps d'élite le recours à la grève avant même qu'il ne soit constitué.

Une autre façon de satisfaire tous ceux pour qui le plaisir de chasser est insupportable, serait d'éliminer définitivement les animaux, au moins ceux qui sont cause de dégâts à l'agriculture. Soit en reprenant la proposition faite par un écolo visionnaire des années quatre-vingt, proposition qui consistait à mettre un terme à la reproduction en castrant tous les mâles des espèces concernées, soit en exigeant des chasseurs qu'ils tuent jusqu'au dernier individu des hôtes de nos bois. Certes l'idée est intéressante, encore que l'histoire nous a appris qu'en dépit de moyens considérables, d'autres s'y sont fort heureusement cassé le nez. Les solutions finales ne sont jamais tout à fait définitives.

Quant à éliminer tous les oiseaux en les empêchant de se poser, comme Mao ordonna de le faire avec les moineaux, difficile de croire que les Français se mobiliseraient comme le firent les Chinois : dans l'ensemble ils n'aiment pas plus la campagne qu'ils n'aiment les chasseurs et fuient volontiers toute activité non remboursée par la Sécurité sociale. On les voit mal occuper les plaines et les marais en agitant des chiffons, ce qu'ils ont déjà du mal à faire avec leurs mouchoirs sur les quais de gare.

Il existe également des solutions intermédiaires pour mettre fin au plaisir de la chasse. L'une d'elle nous est venue d'Afrique, du Kenya plus précisément au début des années soixante-dix avec l'aval, en fait le soutien sans faille, du WWF. Les autorités supprimèrent purement et simplement la chasse. La nouvelle, largement reprise par les médias dans le monde entier, fut saluée comme exemplaire et courageuse. Les guides professionnels s'en allèrent ailleurs exercer leur coupable industrie. Le champ était libre pour monter la plus formidable opération de braconnage qui eut jamais lieu. La femme du président de l'époque fit donner l'armée. Tout animal s'aventurant hors des limites des grandes réserves – il fallait tout de même préserver le tourisme et surtout ne pas alerter l'opinion – était systématiquement fauché à la mitrailleuse. L'ivoire, les cornes, les peaux, les sabots et les crinières, tout ce qui était vendable fut stocké et vendu. Eléphants, rhinocéros, lions, zèbres et antilopes diverses, leurs dépouilles vinrent alimenter les comptes en Suisse de Mme Kenyata, épouse du président kenyan.

De ce génocide animal on ne parla jamais dans la presse. On n'entendit pas non plus le WWF dénoncer la tournure – à laquelle il n'avait probablement pas pensé en soutenant le projet – prise par les événements.

Le WWF était déjà politiquement correct. Le plaisir de la chasse était déjà insupportable.

D'OUVERTURE EN OUVERTURE

À l'époque, l'ouverture aux canards se faisait le 14 Juillet. Le garde champêtre du village apportait à domicile les permis en épinglant ce jour-là les médailles de sa grande guerre. Il s'en retournait sur sa bicyclette avec un coup de rouge dans le nez et un pourboire dans la poche.

Dans la semaine qui précédait on chargeait nos cartouches en famille, poudre T, bourre grasse, plomb n° 8 pour les rouges et plomb n° 6 pour les vertes. Il n'y avait pas d'étang sur la propriété mais partout en plaine des mares bordées d'arbres qui chacune abritaient une couvée de colverts, parfois une sarcelle, exceptionnellement une bécassine. À quatre ou cinq nous les entourions discrètement, maudissant les pigeons qui s'envolaient en claquant des ailes et risquaient de faire s'envoler les canards avant notre arrivée.

Juillet n'était pourtant qu'un hors d'œuvre. Bien sûr nous avions mal dormi la veille, la nuit peuplée de cauchemars où se succédaient des volées de halbrans qui ne laissaient pas une plume à nos coups de fusil. Mais le grand jour, le seul, le vrai, que l'on attendait sans fermer l'œil une seconde, était celui de l'ouverture générale, le premier dimanche de septembre pour les départements situés au nord de la Loire. On avait compté et recompté nos cartouches, vérifié dix fois le bon fonctionnement de nos fusils, pas un bouton ne manquait à nos guêtres, mais s'il allait pleuvoir ?

Nous sortions à tour de rôle dans le jardin en priant le ciel qu'il y sème des étoiles. La pluie pouvait ruiner la grand-messe du lendemain, la pluie insidieuse qui gâche le nez du meilleur chien, colle aux bottes des kilos de terre, remonte jusqu'au ventre dans les luzernes et les betteraves, et surtout donne à lièvres et perdreaux sortis du carnier l'aspect désolant de chiffons mouillés.

Le seul problème était donc d'ordre météorologique. Car il y avait du gibier partout, même les années de mauvaise reproduction. Pas de chasse pendant toute la durée de la guerre avait constitué un réservoir qui débordait encore dix saisons plus tard. Il y avait bien des tracteurs et des engrais, mais c'était de petits tracteurs tirant au pas des charrues à un socle, et aux engrais s'ajoutaient de manière raisonnable des pesticides moins nocifs que ceux utilisés aujourd'hui. Après la moisson et jusqu'aux labours, de hauts chaumes couvraient les champs comme un tapis-brosse où se tenaient compagnies de grises et grands capucins désarticulés, alors que dans les luzernes on levait fréquemment des cailles et des canepetières.

Après, eh bien après tout s'est envolé. Les A.C.C.A, les G.I.C, les aménagements, les comptages, les ouvertures retardées, les fermetures anticipées, les jours de non chasse, les P.M.A, même les printemps ensoleillés n'ont été que des barrages illusoires à l'inexorable dégradation des biotopes. Quant aux lapins, qui pourtant se seraient accommodés de peu, on leur a collé la myxomatose. Malgré tout il reste ici ou là quelques perdreaux naturels. Ils sont certes plus difficiles à chasser qu'autrefois avec la disparition des couverts aussitôt la moisson faite. Mais ce ne sont pas les tableaux qui font le plaisir de la chasse. Et puis lièvres, pigeons, grives, bécasses et canards seront au rendez-vous. Ne parlons pas du grand gibier dont les effectifs se sont étendus à la France entière.

Finalement, nostalgie mise à part, il y a encore de quoi passer une nuit blanche la veille de l'ouverture. D'autant qu'à mon âge on ne dort plus.

BALISTIQUE

Je l'avoue, j'éprouve une passion irraisonnée pour les ouvrages balistiques et une admiration sans limite pour l'assurance avec laquelle leurs auteurs effectuent la démonstration du bien-fondé de leurs théories.

La plupart d'entre eux ne chassent pas. En auraient-ils l'envie qu'ils n'en auraient pas le temps, trop occupés qu'ils sont à analyser les performances des munitions qu'ils décortiquent avec la méticulosité d'un maître horloger travaillant sur un mouvement à complications.

Vitesse, énergie, groupements, taille, forme et nature du plomb, douilles, étuis, bourres, amorces, poids et types de poudre ou encore structures des projectiles ou pas de rayures, rien n'échappe à leur perspicacité. C'est qu'il ne faut pas leur en conter, à nos spécialistes. S'ils vous disent que telle munition est inadaptée à la chasse de tel gibier, n'allez pas répondre que pourtant elle vous donne entière satisfaction depuis des années. Peu importe que vous ayez tué mille bécassines avec ladite cartouche, elle ne convient pas, un point c'est tout. Et d'ailleurs, ceci est clairement expliqué dans le dernier chapitre des ouvrages où figurent les tableaux, les courbes et les abaques qui prouvent de manière indiscutable et mathématique que ses performances la destinent exclusivement au tir du perdreau en battue entre vingt-deux et vingt-quatre mètres avec un canon full-choke, et entre dix-huit et vingt-et-un mètres avec un lisse amélioré.

J'ai beau me faire la réflexion que depuis qu'il existe des fusils et des cartouches, il y a des chasseurs qui manquent tout et d'autres presque rien, me dire que les seconds ne lisent généralement pas les bons auteurs quand les premiers tiennent leurs écrits pour paroles d'évangile, je suis étonné que le sujet soit toujours traité de manière si récurrente et avec un tel luxe de détails. Car après tout on a rien inventé de bien nouveau en la matière depuis la percussion centrale, et c'était au XIXe siècle. Mais les auteurs *ès* balistique jouent auprès des tireurs maladroits un peu le rôle des psychanalystes auprès des névrosés. S'ils ne soignent pas leurs lecteurs de la maladresse, ils les aident à la supporter. Quoi de plus rassurant en effet, après avoir manqué dans les culottes trois sangliers immanquables, que de lire que les balles utilisées ce jour-là conviennent exclusivement au tir du chevreuil ?

Voilà pourquoi le féru que je suis de vulgarisation balistique ne peut que se réjouir de l'interdiction du plomb sur les zones humides. Car avec la grenaille d'acier, le bismuth, l'alliage machin ou le bidule truc dont seront chargées nos cartouches, mes lectures favorites sont assurées pour les dix ans à venir.

SAFARIS EN TOUT GENRE

Il arrive qu'un séjour de chasse à l'étranger se transforme en cauchemar. Non parce que l'organisateur est véreux, le territoire désert, la bouffe innommable, les lits crasseux, les guides incompétents et les transferts éprouvants. Cela arrive et même tout à la fois mais il y a pire : tomber sur un groupe d'affreux venus pour la flingue, la baise et la défoule, pour une semaine ténors de la détente, fusil et braguette confondus.

Il en est fort heureusement dont les dérives en matière cynégétique sont moins condamnables et beaucoup plus pittoresques.

Je peux bien raconter l'histoire qui va suivre puisqu'il y a prescription. Disons que c'était avant la chute du mur de Berlin, du temps où il y avait à la fois, en Pologne, des communistes, des perdreaux et de jeunes étudiantes du genre que certaines peuvent avoir lorsqu'un régime politique les condamne à des fins de mois difficiles. Je précise que les communistes et les perdreaux ont totalement disparu. Pour ce qui est des étudiantes et de leurs fins de mois difficiles, je ne sais pas.

Bref nombreux étaient les chasseurs, accompagnés ou non de leurs chiens, qui en septembre/octobre se rendaient en Pologne, en avion, en voiture et même en car on le verra, en dépit des tatillons qui les attendaient aux frontières.

Venus pour faire parler la poudre eux aussi, un groupe de notables d'une province de l'ouest de notre beau pays, tout à fait bon genre, notaires, médecins et fonctionnaires, s'y rendaient chaque année en pullman, deux mille kilomètres tout de même jusqu'à Varsovie, mais c'était plus convivial et sans doute plus économique.

Mais dès leur deuxième séjour, et bien qu'ils eussent payé comme tout un chacun leurs quotas de perdrix, ils demandèrent au chauffeur de faire un petit détour qui les conduirait devant les bureaux parisiens de l'agence en charge de l'organisation de la chasse. Ils y laissèrent leurs fusils et tous ces trucs inutiles dont on s'embarrasse pour courir la campagne, bottes, cartouches et chapeaux. Ils les récupéreraient en revenant. Ce serait toujours un souci de moins au moment de franchir la douane. Oui me direz-vous, mais les perdreaux ? Pas de problème, l'agence s'était engagée à leur remettre juste avant leur retour et sans supplément quelques spécimens fraîchement tués des précieux volatiles sur lesquels pourraient s'exercer bientôt les talents culinaires de leurs épouses.

À y bien réfléchir, tout le monde sortait gagnant de ce safari d'un genre nouveau. D'abord les intéressés eux-mêmes qui dans les chambres bien chauffées du Novotel de Varsovie ne risquaient pas un mauvais rhume, et certainement pas un plomb dans l'œil. L'organisateur ensuite qui n'avait pas à se casser la tête pour trouver un territoire, année de bonne reproduction ou pas, et pour lequel vendre du gibier mort au prix de sa taxe d'abattage était on ne peut plus intéressant. Les étudiantes qui pouvaient envisager la poursuite de leurs études jusqu'au-delà du cycle universitaire, à l'abri des soucis matériels. Et bien entendu les épouses qui retrouvaient des maris au mieux de leur forme, grâce aux longues marches effectuées dans les betteraves et les luzernes.

MOREL ET CHEVREUIL

À la fin des années cinquante, un excellent ami de la famille, industriel et propriétaire d'une exploitation agricole dans l'Orne, donnait chaque année une chasse d'ouverture à laquelle étaient conviés ceux de ses employés qui chassaient, les notables du coin, ainsi que deux ou trois figures incontournables des villages alentours.

Le bocage de ce qu'on appelle la Suisse normande comportant peu de cultures et beaucoup de prés, les densités de perdreaux y étaient alors moins élevées que dans le Bassin parisien, mais assez fortes tout de même pour que l'on puisse y passer une journée agréable. Il y avait également quelques lièvres et pas mal de lapins.

Exception faite de la paire d'amis intimes invités par le maître de maison, dont les calendriers étaient à l'époque largement pourvus en sorties giboyeuses, c'était pour les autres participants, relégués le restant de l'année au désert des chasses communales, l'occasion de faire parler la poudre.

L'espoir que chacun entretenait de ramener au logis un gros capucin électrisait l'atmosphère. À l'heure du rendez-vous, pendant que l'hôte distribuait à ses troupes les dernières recommandations en matière de sécurité, les borduriers gagnaient en hâte un lopin de terre qu'ils ne quitteraient pas du jour. Puis, les rôles ayant été précisés, marcheurs et postés embarquaient dans les remorques.

En principe les premiers devaient marcher en ligne et pousser le gibier sur les seconds, un petit groupe composé du notaire, des amis, et de deux rescapés de Verdun, le père Morel et le père Chevreuil, cent soixante-dix printemps ou presque à eux deux mais bon pied bon œil.

En principe, car négligeant la plume qui « ne vaut pas la cartouche » pour s'élancer dans un même élan vers le poil, les marcheurs rompaient la ligne dès le premier lièvre en une succession de sprints éperdus qui les menaient au-delà des limites de la traque. Ils rameutaient bien après la fin de battue, dans le désordre d'une armée en déroute et soufflant comme d'antiques locomotives, certains dépités par le comportement peu coopératif des léporidés, d'autres furieux d'avoir vu « leur lièvre » se faire mitrailler à bout portant par trois individus embusqués au coude à coude sur l'enclave du Jules.

On comprendra que dans ces conditions, rares étaient les compagnies qui franchissaient les haies derrière lesquelles nous étions postés. Et bien lente la succession des rabats. Il fallait attendre le ralliement de ceux que l'entêtement avait conduit au-delà du raisonnable, écouter le récit de leur mésaventure immanquablement coupé des interventions du chanceux de la bande, caressant son capucin comme une femme ordonne les poils de son vison.

– Y prend mon coup de 4, j'me dis le v'la fait et v'la ti pas qu'il emmanche la pâture au Marcel comme si qu'ça lui glissait sul poil.

– Ce serait ti qu'tu y mettes du sel dans tes cartouches, grand couillon !

C'est au cours de l'un de ces intermèdes que furent mis en scène les deux copains de la der des ders, Morel et Chevreuil. À leur habitude ils discutaient ferme, n'étant jamais d'accord sur rien. Chevreuil, dont c'était le véritable nom, était aussi maigre qu'un fil de fer et à peine plus grand qu'un Pygmée qui n'aurait pas poussé. Morel, lui, était plutôt du genre sumo. Tous deux portaient leurs fusils à la bretelle, crosse en haut, canons dirigés vers le bas, ceux de Chevreuil raclant pratiquement le sol. La discussion entre les deux hommes battait son plein lorsqu'une énorme détonation vint brutalement l'interrompre. On vit alors Chevreuil éberlué contempler un petit nuage de poussière qui s'élevait entre ses bottes intactes pendant que Morel lui posait une main protectrice sur l'épaule :

– T'inquiète pas mon père Chevreuil, ma deuxième gâchette, elle est moins sensible !

Ce qui arriva au père Chevreuil devait m'arriver quelques années plus tard lors d'une chasse au chamois dans le massif de la Chartreuse. La personne qui m'avait invité et dont je tairai le nom par charité en Saint Hubert, est fort honorablement connue dans sa profession comme dans le milieu cynégétique qui lui doit la publication d'articles et de livres qui font référence.

Depuis une bonne heure déjà nous n'étions plus en action de chasse et redescendions vers le col où nous avions laissé nos voitures. L'homme marchait devant moi sur une pente raide plantée de mélèzes dont les aiguilles roulaient sous nos pieds.

Il ne nous restait plus que deux ou trois cents mètres à parcourir lorsque céda la bretelle de mon sac à dos qui se mit à glisser dans la pente. Gentiment, il se baissa pour le ramasser en posant sa carabine sur le sol, crosse en aval. Elle aussi se mit à glisser sur un mètre ou deux jusqu'à une branche morte. C'était une Sauer 80 dont le percuteur fait saillie à l'arrière de la culasse lorsqu'elle est armée. En frappant la branche, le coup partit. La balle de 7x64 fit un joli petit trou, très exactement entre mes talons. Il s'en était fallu d'un rien pour que j'y laisse une cheville. Nous n'échangeâmes pas un mot.

LA MARÉE MONTE, JE CHASSE

Chasseur, j'aurais dû plus que quiconque être alarmé par la dégradation de notre environnement. J'étais si je puis dire aux premières loges. Les quasi-disparitions du perdreau gris, de l'écrevisse et du doryphore auraient dû me mettre la puce à l'oreille.

En fait je n'étais que le spectateur impuissant et résigné de la lente agonie de mère nature par produits chimiques, émissions de gaz divers, déchets, déforestations, rejets, assèchements et j'en passe, jusqu'aux vaches qui s'y mettent : tout en regardant passer les TGV elles pètent à bousiller la couche d'ozone aussi sûrement qu'une grosse cylindrée.

Je ne pensais pas y pouvoir grand-chose, croyant qu'à l'origine du problème était la démographie galopante qui en moins de deux siècles nous a valu d'être plus nombreux de cinq milliards. Je devais avoir tort puisque politiques et écolos n'évoquent jamais cette éventualité. Ils ont plutôt l'air de se réjouir du fait que nous serons neuf milliards dans une quarantaine d'années, moins un il est vrai, puisqu'en ce qui me concerne c'est par la racine que je mangerai mes pissenlits.

Ne pouvant plus chasser le perdreau ni me régaler d'écrevisses, j'ai troqué mon pointer contre un teckel et me suis mis au sanglier. Ce fut, je l'avoue, ma seule contribution à la défense de l'environnement. Jusqu'au jour où les prêches de Saint Hulot, monté en chaire sur quelque objet volant, ULM, hélicoptère, hydravion ou Jet de chasse plus souvent que delta-plane, m'ont apporté la révélation.

Apôtre de l'écologie punitive, prédicateur portant le poids de tous les péchés du monde occidental, canonisé au Grenelle et martyrisé à Copenhague, grâce à lui j'ai enfin compris qu'il me fallait changer du tout au tout mon comportement. Je prenais des douches, je prends désormais deux bains par jour. J'ai changé ma petite citadine contre un gros 4x4. Je passais mes vacances en Bretagne, eh bien ! j'ai décidé cette année d'aller aux Maldives, comme sœur Cécile (Duflot), histoire de brûler mon quota de kérosène et accessoirement pour voir à quoi ressemblent des îles qui vont disparaître avant même que Yann-Arthus Bertrand, un autre de mes gourous, ait pu les photographier depuis son hélico.

Si je gagne au loto, j'irai tirer un ours blanc, tout seul sur son glaçon, avant que ne fonde totalement la banquise. Je ne mange plus l'hiver que des haricots en provenance du Kenya et des fraises venant d'Afrique du Sud. Tant pis si les uns sont filandreux et les dernières farineuses.

Je ne regarde plus la télé irréalité : Ushuaïa n'est guère différent de Koh-Lanta et les océans qui montent me donnent le mal de mer.

Depuis que les politiques m'ont expliqué, au moment de la catastrophe de Tchernobyl, que les nuages radioactifs s'arrêtaient aux frontières, j'ai la conviction que les effets de la taxe carbone ne seront guère perceptibles au-delà de la porte de Bercy. Avant qu'ils ne parviennent à Pékin, tous les Chinois auront leur bagnole et tous les Français des bicyclettes made in China. Seuls les arrière-petits-enfants de Saint Hulot se déplaceront en Jet et prendront leurs vacances au bord de la mer, sur une plage au pied du Mont-Blanc.

FAUTE DE GIBIER… ON VOIT DU MONDE

La faune rencontrée lors d'une partie de chasse n'est pas toujours sauvage. Il arrive qu'en lieu et place du sanglier attendu, ce soit un jogger qui se présente à la ligne.

Récemment, posté sur un chemin communal courant entre pièce de maïs et forêt, ce fut d'abord un VTT qui vint à ma rencontre. De loin je pus identifier l'animal au casque fluorescent que portait son propriétaire, lequel sans quitter des yeux son guidon me fit un petit signe complice de la main.

Quelques minutes plus tard, je crus au débarquement d'une équipe de bûcherons chargés de mettre à blanc le bois auquel j'étais adossé. En fait ce que j'avais pris pour les pétarades de trois tronçonneuses n'étaient que celles d'une moto de trial à laquelle son pilote, arrivé à ma hauteur, fit faire une roue arrière en guise de salut. Politesse bruyante certes, mais de notre temps. Puis ce fut un cavalier menant au pas sa monture qui retira sa bombe afin de me saluer, comme il est de tradition dans la vénerie. À peine avait-il remis son cheval au petit trot que s'annonçait un véhicule autrement plus moderne que sa rosse, et à deux places celui-là, un buggy conduit par un gamin d'une douzaine d'années. Concentré sur la manœuvre, il ne me fit pas le moindre signe mais son passager, probablement l'auteur de ses jours, n'y manqua pas.

Le calme revenu c'est un vieux monsieur qui fit son apparition, suivi d'un roquet barbu qui comme son maître n'était plus dans la fleur de l'âge. L'un et l'autre me dirent bonjour, le premier en soulevant sa casquette et le second en levant la patte sur mon siège de battue. J'eus droit ensuite à une petite famille, le père, la mère et trois fillettes, avec au bras un panier rempli aux trois quarts de châtaignes. Après échanges de saluts, nous eûmes une conversation qui pour l'essentiel porta sur l'absence de champignons. J'en profitai pour demander à la maman si elle n'avait pas peur de se promener ainsi avec ses enfants au milieu d'une chasse de grand gibier où l'on tirait à balles. Elle me répondit qu'elle avait bien vu les panneaux le signalant mais qu'elle faisait confiance aux chasseurs qui, dans la région du moins, étaient très prudents. Un peu plus tard passèrent à nouveau le VTT et le buggy ainsi que le vieux monsieur et son chien. Ils ne manquèrent pas, lui de soulever sa casquette, et son bâtard d'envoyer une giclée à l'endroit précis qu'il avait arrosé à l'aller. En revanche je ne revis ni la moto, ni le cavalier. J'espère qu'ils ne sont pas entrés en collision.

Qui a dit que l'on s'ennuyait à la chasse au gros où la plupart du temps on ne voyait ni n'entendait rien ? Désormais ce n'est plus vrai. D'abord parce qu'il y a beaucoup plus de grand gibier qu'il y a vingt ans, même et surtout à la périphérie des grandes villes. Ensuite parce qu'avec les trente-cinq heures, les RTT, le chômage, l'espérance de vie, la civilisation des loisirs et le reste, c'est tous les jours de la semaine que nos concitoyens se promènent dans la campagne. Cette cohabitation n'est certes pas sans danger et les promeneurs sans doute peu conscients des risques qu'ils encourent, mais elle se passe infiniment mieux aujourd'hui. Non seulement les chasseurs ne sont plus traités d'assassins mais il arrive même qu'on leur dise bonjour.

DE L'ART D'ÊTRE INVITÉ

Quoi de plus délicat que l'exercice du métier d'invité ? Sachez que l'on ne vous pardonnera rien. À moins bien entendu que l'on vous sache en mesure de répondre à la modeste invitation dont vous êtes l'objet par une journée somptueuse sur un territoire grandiose.

Auquel cas il vous sera permis de couper les oiseaux de vos voisins, de plomber un ou deux rabatteurs, d'affubler le garde de noms d'oiseaux et les oiseaux qu'il mène à la ligne de fers à repasser, et même de filer à l'anglaise sans laisser la moindre pièce.

Autrement soyez modeste, prudent, tirez bien mais manquez de temps à autre afin de ménager les susceptibilités, et pour le reste ne soyez pas avare de vos louanges. Montrez votre enthousiasme pour la qualité du gibier, pour la façon dont les battues sont menées, pour le courage des traqueurs, pour le nez des chiens, pour l'efficacité du garde et pour l'excellence de la cuisine de la maîtresse de maison, quand bien même les faisans seraient déplumés, les traques prises à l'envers, le personnel ronchon, la meute créancée sur les papillons et le dîner à vous retourner les tripes.

Surtout laissez votre chien à la maison. S'il est bon et parfaitement dressé, vous le gâcheriez au contact de la bonne douzaine de carnes courant en tous sens sous les invectives de leurs patrons respectifs. S'il est mauvais, et je ne vois pas pourquoi, statistiquement du moins, il ne le serait pas, d'une manière ou d'une autre au cours de la journée il fera en sorte que vous perdiez à jamais l'espoir d'être réinvité. À tout moment en effet un chien de chasse du meilleur pedigree peut gâcher la traque la plus prometteuse, se transformer en fauve, mâcher le gibier, dépecer l'intérieur d'un véhicule, courser le chat de la maison ou laisser une portée de bâtards pour peu que la porte d'un chenil soit mal fermée.

Toutes ces précautions prises, il vous faudra encore régler l'épineuse question du pourboire à laisser au garde. Bénis soient les territoires où un habitué des lieux passe son chapeau parmi les invités en demandant discrètement à chacun d'entre eux la somme qu'il est d'usage d'y déposer. Voilà qui préserve l'anonymat et évite le dilemme angoissant du trop ou pas assez, l'appréciation du juste milieu étant en la matière aussi difficile à déterminer que la trajectoire d'une bécassine. Avec un mini pourboire, vous passerez pour un pingre et risquerez pour le moins d'être placé à la prochaine occasion là où de mémoire de Nemrod on a jamais vu voler le moindre fifi. Avec une grosse enveloppe on vous taxera à coup sûr de goujat voulant s'attirer les faveurs du garde.

Il est des erreurs qui ne pardonnent pas : invité pour la première fois dans une célèbre chasse d'Alsace, un promoteur avait cru devoir offrir à la maîtresse de maison un sac en crocodile payé le prix d'une moyenne cylindrée chez un maroquinier célèbre. La chose fit scandale, au point qu'il ne fut plus jamais convié nulle part.

Partout donc devrait être généralisé le pourboire fixe, même s'il arrive que des organisateurs de chasse confondent invitations et participations, en réclamant des sommes telles qu'elles les remboursent pour une part des frais engagés, de la location du territoire aux salaires du personnel, en passant par l'agrainage et les repas.

Mais on le sait, le métier d'invité est un dur métier. Il consiste à chasser à moindre frais et en agréable compagnie un gibier de qualité. Rares étant désormais les chasses à pouvoir offrir tout cela, il va de soi que même en l'exerçant de la manière la plus professionnelle, les périodes de chômage sont assez fréquentes, d'autant qu'il faut savoir refuser les invitations suspectes. Etre invité, c'est tout un art. Ne devient pas qui veut intermittent de la chasse.

CHAMBORD

On connaît le château de Chambord construit par François 1er, son escalier à double spirale et ses toits en terrasses qui permettaient à la Cour de suivre le déroulement des chasses. C'est aussi le plus vaste territoire clos de France, plus de cinq mille hectares entourés d'un mur de plusieurs dizaines de kilomètres, cadre prestigieux d'une réserve cynégétique gérée par l'*Office national de la Chasse*. On y reprend chaque année des cerfs qui sont relâchés sur d'autres massifs forestiers à des fins de repeuplement. On y chasse également le sanglier, dont il faut bien réguler les populations.

Compte tenu des personnalités qui se succèdent à Chambord au cours de la saison, le moindre incident peut y avoir des conséquences embarrassantes.

L'organisation des chasses est donc pour chacun des fonctionnaires en charge du domaine l'assurance de cheveux blancs bien avant l'âge, et la certitude d'une carrière en demi-teinte en cas de problème. L'attribution des postes, qui ne doit rien au tirage au sort, et tout au parti pris de privilégier certains hôtes, relève d'une complexité infinie : mission difficile, quand au nom du président de la République sont invités deux ministres, trois ambassadeurs, autant de grands industriels, un ami intime, deux députés, un sénateur et quelques sans grade promis à un brillant avenir.

D'autant qu'à Chambord comme ailleurs, il y a de bonnes et de mauvaises places, les mauvaises beaucoup plus nombreuses que les bonnes.

En tout cas, priorité des priorités, la sécurité doit être sans faille. Un ministre, ou même un sous-préfet au tableau, on n'imagine pas le désordre. Quand on sait que la prudence à la chasse ne figure pas aux programmes des Grandes écoles et que ceux qui en sortent se cabrent au moindre rappel à l'ordre, il faut aux organisateurs une bonne dose d'optimisme pour envisager un futur professionnel autre que celui de sous-chef de bureau à Epinal. On s'entoure donc de précautions : larges allées pour un champ de tir dégagé, petits miradors afin d'assurer un tir fichant et remise aux invités d'une plaquette où figurent le plan des traques successives, la position de chacun, ainsi que la direction suivie par les rabatteurs, vêtus bien entendu de gilets fluorescents.

Je ne sais plus ce qui s'y passe aujourd'hui mais lorsque j'avais la chance d'y être invité, un médecin, de garde dans le hameau qui jouxte le château, était prêt à intervenir en cas de problème.

Une anecdote courrait à l'auberge Saint-Michel où l'on dînait parfois après la chasse : on avait adjoint à ce médecin un garde depuis longtemps à la retraite, encore vert, mais sourd comme un garçon de café à qui l'on réclame le sel ou l'addition. On l'appelait « le serveur » car il avait tué au couteau plus de sangliers au ferme que ses homonymes n'auraient pu verser de demis au cours d'un mois caniculaire. Connaissant la forêt mieux que le fisc nos revenus, on l'avait mis là pour guider le docteur en cas de pépin, cette curieuse antenne médicale étant reliée par radio aux 4x4 transportant les chasseurs. On leur signala un accident qui venait d'avoir lieu au carrefour des Princes, à moins que ce ne fût sur l'allée de la Reine, peu importe. Aussitôt réveillé d'une sieste peuplée de sangliers chargeant comme des rhinocéros, notre bonhomme grimpa

dans la voiture et communiqua au chauffeur la route à suivre. Le véhicule à peine immobilisé, il se mit à courir vers un petit groupe de personnes penchées sur quelque chose à terre, retirant de son étui la dague qui ne le quittait jamais.

– Où est le blessé, où est le blessé ? Laissez-le moi. Je m'en vas vous l'achever, moi, cette bête-là !

Le blessé n'était pas un sanglier, mais le fils de Georges Pompidou qui s'était fracturé la jambe en glissant sur l'échelle couverte de givre d'un mirador.

Il fallut écarter gentiment le bonhomme qui ne se remit jamais de cette ultime occasion de servir un sanglier et perdit tout à fait la boule dans les jours qui suivirent.

UN LION, SINON RIEN

Comment pouvez-vous tuer une biche, me dit-on parfois dans un dîner, lorsqu'il est su que je chasse. Prudent, je réponds que je ne tire que les sangliers. Ah bon j'aime mieux cela, me répond une fausse blonde botoxée comme un poisson lune.

L'avantage des sangliers, c'est leur délit de sale gueule. La mort d'un chevreuil est insupportable, celle d'un sanglier laisse indifférent. J'explique à ma voisine que l'on évite de tirer la laie de tête. On choisit plutôt un jeune, une bête rousse. Là je ne suis plus d'accord me dit-elle, c'est dégueulasse de tuer les petits.

– Et les éléphants ? Ne me dites pas que vous avez tué un éléphant ! Je lui assure que je n'ai jamais tiré d'éléphant. Petits sangliers mis à part, je redeviens fréquentable.

– Et un lion ?

– Pas de lion non plus.

– Vous n'avez pas tué de lion ?

– Non, pas de lion.

Un homme qui chasse et qui n'a pas tué de lion, c'est qu'il lui manque quelque chose entre les jambes et pas mal de zéros sur son compte en banque. Elle me tourne le dos :

– Chérie, tu a vu le dernier Chanel, très classe non ? Karl a été sublime.

PRENEZ DES BALLES

Il faisait un froid à ne pas mettre un esquimau dehors. Dans la nuit le thermomètre était descendu à moins quinze. Nous chassions chez des amis près de Salbris.

La journée se terminait lorsqu'on annonça un sanglier à la ligne. À l'époque les sangliers en Sologne étaient aussi rares que le sont aujourd'hui les faisans naturels. Je vis mon voisin casser son fusil et fouiller dans ses poches à la recherche d'une balle. Et presqu'aussitôt j'aperçus un goret d'à peine vingt kilos qui galopait droit sur lui et sautait l'allée dans ses jambes au moment où il refermait son fusil chargé d'une breneke. Il le tira derrière, à une vingtaine de mètres, pratiquement de cul, sous un angle qui par rapport à la ligne approchait les quatre-vingt-dix degrés. Le tir ne pouvait pas être plus prudent, et guère plus fichant. Au coup de feu, le petit sanglier fit la culbute. Et deux secondes plus tard nous entendîmes : « Henri, Henri, tu as tué mon chien ».

L'appel au secours venait de son voisin de gauche. Son chien, un setter, était attaché devant lui à une laisse piquet. Il avait pris la balle dans le ventre et gémissait. Cela ne pouvait être que la balle qui avait culbuté la bête rousse puisque personne d'autre n'avait tiré à ce moment-là. Ils portèrent le pauvre chien jusqu'à une voiture et le conduisirent en vitesse jusqu'à la clinique vétérinaire de Lamotte-Beuvron.

À plusieurs nous essayâmes de savoir ce qui avait bien pu se passer. Nous vîmes que la carotide du sanglier avait été sectionnée, ce qui n'avait sans doute pas fait perdre beaucoup d'énergie au projectile. Puis à deux mètres de là, dans la souche d'un chêne coupé au ras du sol, nous remarquâmes une rayure, témoin de son passage. Il n'y avait que très peu d'arbres dans cette futaie claire. En cherchant bien nous finîmes par trouver un autre point d'impact dans un tronc à environ deux mètres de haut, celui qui avait amorcé la trajectoire de retour, puis un second, à dix pas et plus bas, qui avait pratiquement renvoyé la breneke d'où elle venait. La dureté des arbres pris par le gel avait permis ce funeste jeu de billard à trois bandes qui aurait pu tout aussi bien se terminer par la mort d'un ami qui perdit tout de même son chien. Il ne se réveilla pas de la table d'opération.

J'avais à peine vingt ans lorsque je fus le témoin de cette histoire. Depuis je me méfie comme de la peste de tout ce qui ressemble à une balle dans un canon lisse, avec une aversion particulière pour les armes polyvalentes, mixtes, drillings ou autres, qui devraient être réservées aux chasses en solitaire et interdites en réunion. On croit tirer son coup de plombs sur une bécasse et l'on expédie une 9,3 dans la nature. On ne devrait d'ailleurs jamais, confusion des genres, chasser en même temps petit et gros gibier. Tirer une bécasse lors d'une battue de sanglier n'est pas très glorieux, et tirer un sanglier baugé en chassant la bécasse ne l'est pas plus.

Bref, courageux mais pas téméraire, je me fais tout petit lorsque le malheur veut que l'on me place à côté d'un bonhomme qui possède une arme multi-usages et déteste entendre dans une chasse au petit gibier : « *Prenez des balles, il peut y avoir des sangliers !* ».

TROPHÉES INSOLITES

Décembre, neuf heures du matin, un rendez-vous de chasse en Région parisienne. Avant de rejoindre le bois pour une battue de sangliers, le maître de maison et ses cinq invités terminent un solide petit-déjeuner, omelette baveuse et cochonnailles arrosées d'un puissant Gigondas. Au sein de l'équipe un nouveau venu dont on veille à ce que le verre ne soit jamais vide.

C'est donc dans les meilleures dispositions qu'il rejoint le poste qui lui est alloué, d'autant qu'on lui assure que le gros solitaire dont on a le pied du matin ne peut qu'emprunter la coulée qu'on lui désigne à une vingtaine de mètres. Effectivement, cinq minutes plus tard, la formidable musique de dix chiens superbement gorgés roule sous la futaie, s'éloigne un moment puis revient en force, droit sur lui. Maîtrisant avec peine les battements d'un cœur qui lui cogne la poitrine, notre homme épaule sa carabine à hauteur de la coulée aussitôt qu'entrevue dans les gaulis la silhouette de l'animal. Mais au moment de franchir l'allée, celui-ci fait un bond gigantesque, retombe sur ses pattes arrière et disparaît, laissant notre chasseur médusé.

– C'était bien… ! C'était un kangourou.

Bien entendu il se tait. On le prendrait pour un fou. Pourtant questions et allusions fusent tout au long du jour, relayées en permanence par le maître de maison et ses acolytes.

Vous n'avez rien vu ? Pourtant c'est à vous que ça saute. Un petit somme peut-être ? Le Gigondas de notre ami est gouleyant mais peut s'avérer traître après le dixième verre. Ou encore :

– C'est qu'ici le gibier est naturel, il faut avoir l'œil !

Bref notre bonhomme passe une journée désagréable et ne se sent guère mieux la semaine suivante. N'en pouvant plus, il confie sa mésaventure à un proche.

– Ah tu étais invité chez untel ! Il t'a fait le coup du kangourou ! Figure- toi que depuis que quelques spécimens se sont évadés d'un parc animalier, il en a sur son territoire où ils se sont parfaitement acclimatés.

Parmi les trophées insolites, celui d'un chameau au tableau d'une battue de gros gibier dans les Ardennes belges. L'histoire est racontée par Robert Flament-Hennebique dans son livre « En suivant mon fusil ». L'auteur du coup de carabine ne voulut s'en expliquer qu'à la fin du repas de chasse : sur le chemin où il était placé vint à passer une troupe de bohémiens. Un très vieux chameau, bien malade, fermait la marche. Son propriétaire y était profondément attaché et ne se sentait pas le courage de mettre fin à ses jours. Il supplia notre chasseur, mieux équipé, de le faire à sa place.

Et comment ne pas ajouter le cheval proprement foudroyé par la 375 HH d'un guide de chasse professionnel en forêt de Villers-Cotterêts, guide ayant pourtant à son actif toutes les babioles de la faune africaine, éléphants, rhinos et autres. Mais contrairement à ce qui se passe généralement en safari au moment du coup de carabine fatidique, l'animal cette fois portait quelqu'un sur son dos, en l'occurrence son cavalier. C'est que pour ne pas faillir à sa réputation notre guide avait tiré un peu vite, trop vite en tout cas pour identifier son gibier avec certitude. À noter que le cavalier s'en tira sans une égratignure.

LE SUIVEUR, LE DISTRAIT ET LE COMPÉTITEUR

Si le bon Jean de La Fontaine avait été chasseur, peut-être aurait-il mitonné une petite fable pour nous mettre en garde des dangers que nous courrons lorsqu'un sort contraire nous désigne pour voisin l'un ou l'autre de ces personnages, honnêtes hommes au demeurant, excellents pères de famille et maris fidèles, mais danger public à la minute où ils se saisissent d'une arme.

Le suiveur épaule son gibier du plus loin qu'il l'aperçoit et l'accompagne dans son vol ou dans sa course, tout le temps qu'il lui faut pour traverser la Beauce ou la forêt de Rambouillet. Le moment où il lâche son coup de fusil est imprévisible. Ce n'est pas un homme de décision mais un perfectionniste. Un état second brouille son environnement et gomme tout ce qui n'est pas sa cible, chiens, rabatteurs et postés. Dangereux sur trois cent soixante degrés, il nous fait voir le trou de ses canons à chaque fois qu'un animal croise dans les parages. À ce jeu qui s'apparente à la roulette russe, je ne vois guère qu'un gros chêne, sous réserve qu'il s'en trouve un dans le secteur, pour se mettre à l'abri. C'est le seul moment sans doute où l'on rêverait être gibier. Lui au moins ne risque rien.

S'il arrive au distrait d'oublier de charger son arme alors qu'il est en action de chasse, il lui arrive plus souvent encore d'oublier de la décharger lorsqu'elle est terminée. J'ai connu un grand chasseur, remarquable tireur à la carabine, qui trois fois sur dix oubliait de retirer la cartouche engagée dans la chambre. Un jour que nous revenions d'un pays de l'Est au temps où l'on pouvait encore monter dans la cabine d'un avion avec une arme simplement glissée dans un étui long, ce n'est qu'en manœuvrant la culasse au contrôle douanier d'Orly qu'il s'en aperçut. Un moindre mal si l'on considère une carrière exemplaire, à peine ternie par le souvenir d'un plafond de salle à manger pulvérisé par une balle de 9,3x62 et d'un pavillon de camionnette proprement percé par un projectile identique, responsabilité partagée il est vrai avec un chauffeur ne sachant pas éviter les ornières.

Avec la rage qui caractérise ceux qui veulent, toujours et dans tous les domaines, faire mieux que les autres, le compétiteur n'est pas non plus sans danger pour ses voisins. Boulimique du tableau, parfois même bon fusil, il tire sur tout ce qui bouge, devant, derrière, sur la ligne, peu importe, en rognant toujours un peu plus sur les marges de sécurité. Sa moyenne est époustouflante, cinq pièces pour quatre cartouches tirées, puisqu'aux siennes il ajoute celles de ses voisins. Des trois ce n'est pas forcément le plus redoutable, mais c'est très certainement le plus antipathique.

Il arrive parfois, la poisse existe, que le suiveur soit distrait et animé d'un esprit de compétition. Fuyez camarades, toutes affaires cessantes. Votre peau est en jeu.

LE FAISAN BLANC

Le château était si grand que personne ne songeait à compter les pièces. Il renfermait tant d'œuvres d'art qu'un peu partout traînaient des exemplaires d'un petit livre relié de cuir rouge qui les répertoriait. Sur chacune d'entre elles, un numéro discret renvoyait au catalogue : 121, autoportrait de Rembrandt acheté par le sixième duc, 256, vase Ming rapporté de Chine par le cinquième, 32, Canaletto acquis à une famille vénitienne dans les années vingt, 344, fauteuil estampillé Jacob commandé par le roi à l'ébéniste pour les salons de Saint-Cloud. Le fascicule édité par Sotheby's ne s'intéressait qu'aux objets importants.

Les invités avaient été conduits à leur chambre par un butler aussi disert qu'un lémurien sous somnifère. Sans un regard, il avait ouvert les valises, disposé leur contenu dans les placards et tourné à fond les robinets de la baignoire. Puis soulevant une paupière aussi lourde qu'un lingot de plomb, il avait comme à regret transmis le message de son maître : Sa Grâce nous recevrait dans la bibliothèque à sept heures. Son anglais était si caricatural qu'après qu'il fut sorti, je me surpris à répéter à voix haute Worcestershire sauce, ce qui, tous les Britanniques le savent, est un condiment qu'il faut ajouter au Bloody-Mary du petit-déjeuner pour ruiner définitivement les estomacs qui auraient résisté aux whiskys de la veille. C'est accessoirement pour nous Français le mot le plus difficile à prononcer dans la langue de Shakespeare. Mais à l'idée de devoir converser très bientôt avec un duc nanti d'un valet pareil, je ne pus qu'arpenter les cent mètres carrés de la pièce en hurlant Worcestershire sauce, Worcestershire sauce, ne marquant qu'un bref temps d'arrêt devant le Gainsborough qui faisait face au lit sous le numéro 828.

J'imaginais Sa Grâce bégayant comme il sied à un lord fouetté à Eton et sodomisé à Oxford, portant une veste informe de tweed usé jusqu'à la trame, plus ou moins atteint de la maladie de Parkinson, en tout cas le verre de malt mal assuré dans la main tavelée. Arrivé le premier des invités dans la bibliothèque, je ne vis tout d'abord qu'une paire de chaussures posée sur une table basse. Impeccablement cirée, s'y reflétaient les flammes de la cheminée où flottaient les ors des milliers d'ouvrages reliés et alignés sur les étagères d'acajou. Une des chaussures, la droite, se mit à la mesure de Yellow Submarine, diffusé en sourdine. Du grand fauteuil à oreilles tourné vers le feu ne dépassaient que des jambes en jeans et les volutes d'un havane. Le lord avait trente ans et ressemblait plus à Hugues Grant qu'au major Thomson. Il parlait français et savait dire anticonstitutionnellement et même chasseur sachant chasser sans son chien ou encore chaussettes de l'archi duchesse archi sèches. La duchesse, qui arriva peu après, avait cinq ans de moins, le blond vénitien et des dents de perle.

Peu à peu, les hôtes se joignirent à nous. Il y avait là, invités comme moi par un fabricant américain d'armes de chasse, des journalistes spécialisés en provenance des principaux pays d'Europe, un anglais plutôt impressionné par le décorum dont le pavillon de banlieue n'était pas si loin, un finlandais qui parlait anglais mais ne parlait pas, un autrichien dont on verrait chapeau et blaireau le lendemain, un français qui jetait ses mégots dans les plantes vertes, un italien immédiatement amoureux de la duchesse et un prussien qui préférait Wagner aux Beatles. Sans oublier le représentant pour l'Europe de la firme américaine qui allait de l'un à l'autre, miel et important : un palais, un vrai duc, une duchesse excitante comme un poster de camionneur, des portraits d'ancêtres surplombant chacune des marches de l'escalier monumental, des tableaux comme en rêverait un commissaire-priseur, le dîner aux chandelles, la débauche d'argenterie, tout cela additionné sentait bon le rédactionnel.

Le vendeur d'armes était parfaitement dans son rôle, tout comme l'Allemand bien teuton, l'Italien baratineur, les Français franchouillards, le Finlandais finnois et l'Autrichien du Tyrol.

Seuls le duc et son épouse étaient atypiques. Plutôt que se gâcher la particule à recevoir un commercial boudiné dans un costume croisé de mauvais tissu et ses invités, ils auraient préféré danser le rock dans une boîte branchée de Londres et fumer un joint entre deux galipettes. Mais pour l'heure il s'agissait de sauver le patrimoine avec des revenus qui n'étaient plus ceux de l'arrière arrière grand-père, l'amiral sous Victoria. On avait hérité du château, ce qui restait des terres et des œuvres d'art, sans avoir à payer de droits de succession mais avec l'obligation de ne rien vendre. D'où la nécessité, pour entretenir l'immense bâtisse, de recevoir des paying guests. On invitait donc à la chasse, vingt livres l'oiseau, TVA non comprise. La pub, le cinéma, la presse et toutes sortes d'entreprises participaient également à l'entretien du bâtiment. On tournait des films historiques, on vantait les mérites d'un détergent ou on recevait quelques Américains de fortune récente qui pourraient dire, de retour à Boise, Idaho : *nous sommes de très proches amis du duc de… his wife is so charming.*

La chasse était artificielle, comme la plupart des chasses d'aujourd'hui. Mais bien faite, comme souvent en Angleterre. De bons oiseaux, poussés de la plaine vers un bois dont ils avaient été décantonnés, passaient vite et haut au-dessus de la ligne bien dégagée des fusils. J'imaginais le jeune lord regardant d'un œil désabusé cette ligne hétéroclite où se côtoyait l'excellence des journalistes cynégétiques européens, tous équipés pour l'occasion de la même arme superposée moyenne gamme dont aucune n'était à leur couche, dotées de départs durs comme pain rassis et traînants comme promis devant l'autel. De toute façon aucun journaliste n'a jamais su tirer un oiseau en battue, à l'exception des italiens qui tirent de manière exceptionnelle, journalistes ou pas. En culotte de peau l'allemand visait son faisan comme cerf au brame, l'autrichien pointait comme pour un chamois, mon concurrent confrère et ami balançait sa grenaille comme à l'accoutumée, c'est-à-dire pas plus précisément que ses mégots, le finlandais ébahi rêvait d'élans et ne tirait pas. Mais l'italien bien entendu tuait. De grands oiseaux mais aussi quelques-uns tard levés dont il faisait des édredons. Notre jeune lord, toujours placé à une aile, avait échappé à la corvée du nouveau modèle éjecteurs automatiques R 18/42B, chokes amovibles et gravures animalières à l'acide façon vieil argent, imposé par la puissance invitante. Il se contentait d'un vieux Purdey livré à son grand-père en 1898. Il n'avait demandé qu'une chose, ne pas tirer un faisan blanc, pur albinos qui faisait la fierté de son garde.

À la fin de la troisième traque nous eûmes droit à une pause-déjeuner prise dans une aile du château. Une salle y était aménagée de telle sorte qu'on pouvait y recevoir des chasseurs crottés sans qu'ils aient besoin de retirer leurs bottes. Le sol était carrelé, une grande table supportait soupes chaudes et sandwiches. Sur un des murs, une superbe brune plaquée sur un poster de trois mètres sur deux écartait d'une main gracile sa petite culotte en dentelle noire pour se caresser l'entrejambe avec un air d'invite. Je reconnus la chambre où j'avais passé la nuit, au pied de lit et au Gainsborough visible en arrière-plan. Face à elle une blonde plantureuse à peine couverte de lingerie rose était alanguie sur le canapé d'un boudoir. Perchée sur l'échelle menant aux étages supérieurs de la bibliothèque, une rousse cambrée présentait à l'objectif des fesses sublimes. Enfin, l'air mutin ct rcgard en dessous, les cheveux courts, une autre brune pas franchement vêtue occupait le mur adjacent. Visiblement le huitième duc du nom ne se contentait pas, en matière de nus, des Watteau, des Ingres ou des Boucher accrochés dans ses salons. Non sans humour il avait demandé à la revue *Play Boy* de décorer sa salle de chasse avec des photos prises chez lui pour les besoins du magazine.

Nous repartîmes à la chasse, en faisant des rêves qui n'étaient pas seulement de faisans. Et se faisant l'Italien se mit à tirer comme feu pied. À chaque fois qu'il manquait, et il manquait désormais souvent, il s'écriait Mamma mia ! On ne sut jamais s'il s'agissait de sa mère, du gibier, de la duchesse, ou de l'une ou l'autre des créatures lascives qui s'étalaient aux murs de la salle à manger. Le Finlandais rêvait toujours de chasse à l'élan. Mais l'Allemand, jambes écartées et fusil levé, était bien décidé à en découdre. Il lissait et tortillait sa moustache comme le kaiser sur le pont de son yacht au lendemain de Sarajevo.

C'est alors que le faisan blanc, qui se savait intouchable, prit le parti de survoler la ligne. Il passa d'abord devant le Finlandais qui ne le vit même pas. Puis il obliqua sur l'Italien qui hurla *Mamma mia, il bianco, il bianco !,* sans lever son arme, ce qui est le signe d'un Italien bien déboussolé. Arrivé devant les Français, il eut un doute, les sachant peu respectueux des convenances. Mais le premier tirait tellement mal que le risque était négligeable. Quant au second, il le devina assez bien élevé pour respecter les consignes. Il ne prit pas garde à l'Allemand, parce qu'en Angleterre on croit en leur parole depuis Chamberlain. Fatale erreur. Les 36 grammes de plombs N° 4 de la super cartouche fournie par le représentant des américains le cueillirent en plein vol. Il rebondit au pied du duc, laissant sur le sol quelques plumes blanches tachées des gouttelettes rouges de son sang.

La morale de cette histoire, c'est que les aristocrates vivent désormais au milieu de gens bien mal élevés, que l'Europe n'est pas prête de se faire et que les Américains inondent la planète d'armes qu'ils mettent entre toutes les mains.

CALITO

Invité à chasser la grive au Maroc, il me fut attribué un guide qui tenait au bout d'une ficelle un des plus curieux spécimens de la gente canine qu'il m'ait été donné de voir.

La bestiole était rase de poils, maigre comme un coucou anorexique et cependant gai comme un pinson que l'on aurait gavé de graines euphorisantes. Il avait, d'ancêtres indéterminés, hérité d'une robe blanche tachetée de rose, d'oreilles cassées et d'une queue tire-bouchonnée à double révolution.

À première vue aucun cynophile ne lui aurait deviné la moindre aptitude cynégétique, et moins encore celle de retriever. J'ai eu dans ma vie quelques labradors dont deux au moins ont été exceptionnels. Et pourtant la démonstration que me fit Calito tout au long de cette semaine de chasse m'a donné à réfléchir : la sélection peut certes transcender les aptitudes mais il existera toujours, rarissimes il est vrai, quelques chiens exceptionnels aux origines inavouables, et d'autant plus remarquables que leur aspect est en totale contradiction avec le travail qu'ils accomplissent.

Dans un maquis dense et le plus souvent impénétrable Calito ne perdit pas une seule grive, faisant preuve d'un « marking » à rendre jaloux un champion de field. Il montra un nez d'une finesse telle qu'elle lui permettait de localiser des oiseaux retenus dans leur chute par la végétation à parfois un bon mètre du sol. Dans ce cas il se dressait sur ses pattes arrière et aboyait jusqu'à l'arrivée de son patron.

Nous eûmes aussi l'occasion de tirer quelques perdrix Gambra dont il était littéralement fou. Il menait les désailées en donnant d'une voix rauque comme un fauve de Bretagne jusqu'au moment de s'en saisir, et dévalait les pentes à toute allure en rebondissant de caillasses en rochers pour les remettre dans la main de son maître. Une caresse, un long regard plein de fierté et d'amour de ses yeux noisette et Calito reprenait aussitôt la position assise, nez en l'air, son corps entier secoué par les vibrations que lui donnait l'excitation de la chasse.

Beaucoup de chasseurs avaient souhaité acheter le phénomène mais le modeste berger qui l'avait élevé et promu au rang de vedette ne voulût à aucun prix se séparer de son chien et c'est tant mieux, même si les sommes proposées eussent fait de lui l'homme le plus riche de son village.

Il n'empêche que moi aussi je rêvais d'un emprunt le temps d'un week-end, et j'imaginais mon arrivée dans une chasse un peu snob, tenant au rendez-vous Calito au bout de sa ficelle. Je le voyais levant la patte sur les jantes immaculées de gros 4x4 allemands, flairer les fesses de labradors empâtés et j'entendais les réflexions ironiques des messieurs élégants composant l'assistance. Plus tard, après qu'il aurait trouvé et rapporté toutes les pièces de gibier recherchées en vain par des retrievers aux pedigrees impressionnants, je lui aurai inventé sur le ton de la confidence des origines mystérieuses, une race très ancienne et sacrée, déjà existante au temps des Incas et dont on voyait encore quelques sujets chez les indiens qui vivent sur les versants de la chaîne Andine de l'Equateur, les Napétoutous.

Après tout, Calito, bâtard génial des douars, méritait largement qu'on le pourvut d'ancêtres.

BONJOUR LA MOYENNE

Certains oiseaux sont plus « mange cartouches » que d'autres. La difficulté de leur tir contribue au plaisir de leur chasse. On pense à la bécassine bien sûr, dont la petite taille et le vol capricieux constituent toujours un challenge. Mais elle n'est pas la seule à faire dégringoler les moyennes des fusils les plus aguerris.

J'ai vu des sabres s'emmêler les canons au point de vouloir avaler leur permis, avec des pigeons, des perdreaux ou même des faisans, dont la réputation de cocottes n'est pourtant plus à faire. Ces faisans-là n'avaient cependant rien de particulier : il s'agissait d'oiseaux d'élevage, comme la majorité de leurs congénères.

En fait c'est à la façon dont on les contraignait à franchir la ligne qu'ils devaient d'être si difficiles à décrocher. En dépit d'un terrain plat comme le tapis d'un billard, aucun d'entrc cux n'abordait la ligne à moins de vingt -cinq mètres de haut. Venus de boqueteaux d'où ils avaient été levés par les rabatteurs, ils devaient franchir une plaine nue pour regagner le couvert de leur cantonnement habituel, situé deux cents mètres derrière le barrage de chasseurs bien visibles, que rien ne camouflait. Sans prêter à ces faisans ordinaires un QI qui les auraient destiné aux études supérieures, force est de reconnaître que leur cervelle de piafs enrubannés était suffisamment performante pour les inciter à respecter un plan de vol prônant altitude et vitesse maximales à l'approche des batteries de calibre 12 servies par des gentlemen dont on savait la flac habituellement meurtrière.

Mais là, bernique, très peu de victoires homologuées en dépit d'un feu roulant. Mine déconfite des serveurs, mai 40 cynégétique où l'on assiste à la déroute des superposés, à la débâcle des juxtaposés et à l'effondrement de toutes les théories balistiques enseignées dans les écoles de ball-trap. Il n'y eut qu'un participant à tirer son épingle du jeu dès le milieu de la traque pour avoir intégré dans son swing que ces faisans venus de loin et regagnant en léger piqué leur remise sans pratiquement battre des ailes, allaient beaucoup plus vite qu'il n'y paraissait tout en suivant une trajectoire légèrement descendante. Il fallait donc les tirer très en avant et sensiblement en dessous. Corrections peu évidentes car un oiseau qui plane ne donne en aucune façon l'impression d'aller vite, surtout lorsqu'il plane dans un ciel dégagé, sans que le repère d'un arbre ou d'une haie puisse servir de jalon à la rapidité de son déplacement.

Et voilà comment un balourd de plus d'un kilo peut en remontrer à une demoiselle d'à peine plus de cent grammes.

C'est finalement la façon dont on les chasse ainsi que les conditions météo, qui plus que les espèces de gibier elles-mêmes font la difficulté du tir. Prenez par exemple la reine d'Ecosse, la grouse. Devant soi, inutile d'être au Purdey ce que Menuhin est au Stradivarius pour enchaîner les doublés. En battue c'est une autre paire de manches. S'il y a du vent, et il y a toujours du vent dans les moors, ces saloperies vous arriveront pleine tronche façon missiles, compteur bloqué à cent mille au ras des bruyères. Bonjour la moyenne !

IMPASSIBLE

J'avais un ami dont la tête, petite, flottait à deux mètres du sol. Il chassait. Il n'aimait pas chez lui que l'on tue son gibier. Pourtant, une fois l'an, il conviait à sa chasse plus de gens que ne pouvait en contenir sa plaine. On déjeunait. Puis un remue ménage de remorques s'embouteillait dans les chemins en emportant les marchants et les postés, transbahutant sœurs, cousins, cousines, neveux, nièces, oncles, tantes, amis, relations, notaires, médecins de famille, avocats, assureurs, voisins, pourvoyeurs d'engrais ou représentants en machines agricoles. Tous n'avaient pas de fusils. Presque tous avaient des chiens, dit "de chasse", qui vidaient la traque pendant que tout ce beau monde gagnait sa place.

On entamait la manœuvre. Restaient un abruti de lièvre et une petite compagnie de perdreaux. Le lièvre sauvait sa peau en choisissant de passer entre les jambes de la laborantine. C'était sa sœur. Les cinq oiseaux filaient sur l'institutrice. C'était sa cadette, pas plus adroite.

Lippe pendante où collait un mégot de gitane papier maïs, il contemplait le désastre avec une satisfaction certaine.

ÇA ÉNERVE !

« J'va vous dire une bonne chose », déclara le bonhomme à mon père en lui mettant sous le nez un gros capucin. *« Mon ieuvre, vot fils il l'a ben achevé. Remarquez y serait pas allé pas ben loin, vu qu'il avait pris mes deux coups, et encore des cartouches neuves de pas plus tard qu'hier au soir, pour la poud double dose, pou'l plomb numéro quat et deux moitié-moitié, plus une paire eud dents de fourchette. Ya plus d'un goret qu'ça leur a traversé la couenne, alors pensez un pauv ieuvre ! N'empêche il l'a ben achevé vot gamin, sur qu'il tirera droit plus tard ».*

Et le lièvre de prendre le chemin du carnier, côté filet afin que personne dans le village ne puisse ignorer qu'à plus de quatre-vingt-cinq ans le doyen des chasseurs visait encore juste.

Il est un fait que l'oreillard avait eu la peur de sa vie tant les fameuses munitions fabriquées maison étaient du tonnerre, c'est peu de le dire. Il est certain que je ne pus voir comment avait réagi le vieillard au formidable recul car il fut aussitôt enveloppé d'un nuage épais comme les sourcils d'un turc. Mais j'assure que le léporidé était indemne au moment de me sauter dans les jambes, le pelage bien lisse. D'ailleurs si les coups de la vénérable ganache avaient porté, et compte tenu de ce que l'on sut peu après de la recette du chargement de ses munitions, notre lièvre, accommodé à la sauce piquante des dents de fourchette, aurait eu des allures de hérisson. Et je jure n'avoir jamais mis en joue un hérisson, fût-ce dans ma prime jeunesse.

La vérité, c'est que l'on venait tout simplement et pour la première fois de s'approprier un gibier qui n'appartenait qu'à moi. Je pris la chose avec philosophie d'autant que tout petit déjà je n'aimais les lièvres qu'en civet et sous réserve qu'ils aient été tués par des tiers se coltinant de les porter toute la journée. Pour ma part je ne les tirais qu'en fin de traque, à moins de cinquante mètres d'un véhicule.

C'est ainsi que commença une longue série qui devait amputer de gibiers nombreux et divers des carnets de chasse jamais tenus, mais gravés sur le disque dur de ma mémoire. Une volière, à tout le moins anglaise, suffirait à peine pour mettre les oiseaux qui m'ont été volés. Quant au grand gibier, c'est à se demander si les frigos de Rungis pourraient les contenir. D'accord j'exagère. Mais avouez qu'après le vol de tant de poils et de plumes, il y a de quoi s'hérisser le poil et vouloir rétrospectivement voler dans les plumes de tous ceux qui m'ont laissé à poil.

J'ai le souvenir d'un tableau où s'alignaient des dizaines de sangliers. Un seul était de ma carabine, le seul à s'être présenté de la journée compte tenu de la médiocrité des postes que le tirage au sort m'avait désigné. Une bête rousse ordinaire tirée dans la dernière traque, pas de quoi écrire à sa famille. Il était dit pourtant que je n'aurais pas droit à ce lot de consolation : un voisin se l'attribua avant même de descendre l'échelle de son mirador.

Je veux bien qu'il en ait eu plus besoin que moi pour remonter sa moyenne, mais il y a des moments où… ça énerve !

AU CAS OURS

L'ours est un animal discret. On ne le voit jamais. Parfois ses traces et encore, rarement. Dans la nature il est peu sociable. En peluche il est très prisé, de tous les enfants et même de certains adultes qui sucent encore leur pouce.

C'est aussi le champion de la réintroduction. Comme nous n'en avons plus dans nos Pyrénées, c'est en Slovénie que l'on va les chercher. C'est à côté de la Pologne qui nous fournit en plombiers dont on sait en France l'espèce pratiquement éteinte elle aussi. En somme, sans les pays de l'Est, nos toilettes seraient encombrées et nos montagnes désertes.

À noter cependant que les Français sont plus concernés par la sauvegarde de la biodiversité que par la propreté de leurs lieux d'aisance. Les sondages indiquent en effet que 80 % d'entre eux sont hostiles aux plombiers Polonais. Ils sont en revanche 77 % à plébisciter les ours slovènes. Les politiques, rarement à rebrousse-poil de l'opinion l'ont compris : banco pour cinq plantigrades. Lâchers prévus au printemps. Peut-être pas assez pour redonner vie à une population dont le nombre est semble-t-il trop faible pour se maintenir, mais, à les entendre, suffisant pour apporter un souffle salutaire aux vallées choisies pour accueillir les ours.

Le pastoralisme se meurt, grâce aux ours il va renaître. On engagera des bergers pour garder des troupeaux dont le prédateur assurera désormais l'état sanitaire et on élèvera à nouveau des chiens dévolus à leur surveillance, les fameux Patous. Bien entendu on indemnisera en cas d'attaque. Quant aux touristes, on s'attend à une déferlante. Sûr que ça va randonner sec dans le secteur. À défaut de pouvoir observer l'animal, on leur présentera la jeune fille qui a vu l'ours. Après tout Lourdes n'est pas si loin, qui sait si on ne peut pas refaire le coup de la Bernadette ? Ce ne sont pas les grottes qui manquent dans la région.

En attendant que les cinq ours qu'il est prévu d'importer se multiplient comme les enfants du bon dieu, déjà les miracles se produisent : on a vu des écolos purs et durs saluer cette action des politiques comme exemplaire. Et pour une fois, peut-être la seule en ces temps difficiles pour ceux qui nous gouvernent, la mesure est populaire. Oh ! il y a bien quelques opposants. Parmi eux des bergers qui prennent peur pour leurs brebis et une poignée de râleurs professionnels, éternels empêcheurs de tourner en rond, qui prétendent que ça fait cher de l'ours.

Aux premiers on rétorquera qu'ils n'ont doublement rien à craindre puisque le « suivi » des ours sera assuré avec la même compétence que celui des loups et que de toutes les manières ils seront indemnisés « au cas ours ». Aux seconds qu'il ferait beau voir qu'un Etat capable de s'endetter de plus de mille milliards en moins de temps qu'il n'en faut à un crocodile pour devenir sac Hermès, ne puisse s'offrir de temps à autre une paire d'ours à quatre ou cinq millions, dussent-ils être renouvelés plus souvent qu'à l'ordinaire en raison de la tendance fâcheuse qu'ils montrent à croiser le chemin d'autochtones irascibles quand ce n'est pas celui de chasseurs en état de légitime défense.

ZOZO

C'était un épagneul breton. Enfin peut-être pas très pur, car il avait franchement une drôle de dégaine, ni très à la mode car on avait oublié de lui couper la queue à la naissance. Sans papiers bien sûr, ce qui ne l'empêchait pas d'habiter avenue Foch, du bon côté, d'avoir une nounou qui le sortait quatre fois par jour, une résidence secondaire en Normandie et une bergère Louis XVI pour faire sa sieste. Bref Zozo était né deux ans auparavant avec une cuillère d'argent dans la gueule, avait une charmante maîtresse et ne demandait rien au Gouvernement.

Tout allait donc pour le mieux dans le meilleur des mondes canins possible jusqu'au jour, c'était un mercredi, où le baron avait débarqué de manière tout à fait impromptue. Le baron n'était pas vraiment baron, mais tout le monde l'appelait ainsi car il avait l'allure d'un duc et le coup de fusil d'un prince. Et le baron était bien ennuyé : à huit jours de l'ouverture de la chasse, son chien venait de se faire écraser. Outre que le baron aimait son chien, excellent Korthals de son état, voilà qu'il était privé d'un auxiliaire indispensable, à la veille d'une saison qui le conduirait des plaines de Beauce au marais de Brenne en passant par les étangs de Sologne et les forêts de Bretagne. Il faut préciser que le baron chassait sept jours sur sept de l'ouverture à la fermeture, tout simplement parce que la semaine de huit jours ne figurait pas au calendrier.

C'est au moment de prendre congé, alors que l'hôtesse compatissait à sa douleur, que les regards de Zozo et du baron se croisèrent. Et si je repartais avec toi, dit le baron à Zozo ? Cela te ferait prendre l'air, et qui sait, peut-être seras-tu capable de chasser. Zozo, qui n'avait pas quitté sa bergère, accueillit la proposition de trois battements de queue. Le baron prit cela pour le signe évident d'une acceptation enthousiaste et sut trouver les mots pour convaincre son amie : viande et légumes frais à tous les repas, canapé du salon à disposition et retour immédiat dans la Capitale au cas où Zozo développerait une allergie à la campagne, une peur panique des coups de fusil, une indifférence totale au gibier, ou encore une phobie pour les ronces.

Le baron avait l'habitude de faire l'ouverture chez un voisin qui cultivait une ferme de deux cents hectares sur laquelle il donnait en petit comité, quatre copains et leurs enfants en âge de chasser, une seule et unique chasse par an. La manœuvre était simple, et le tableau toujours le même, à quelques unités près : deux cents perdreaux, un à l'hectare, et quatre douzaines de capucins. Les jeunes marchaient en ligne avec une aile avancée qui leur faisait décrire un cercle autour des bâtiments de l'exploitation, encadrés d'ouvriers de la ferme qui portaient leur gibier, les lièvres surtout, dans de grands sacs à pommes de terre. Leurs parents se plaçaient aux endroits stratégiques, au pied d'un hangar ou à l'angle du jardin potager, là où aimaient passer les compagnies. Selon les années, bonnes ou médiocres en reproduction, il leur fallait faire un tour, deux tout au plus, pour réaliser le fameux tableau limite

de deux cents, fixé par le maître de maison. Après quoi tout le monde rentrait, les adultes pour un bridge, les jeunes pour un poker allumettes.

La journée commençait à onze heures par un solide déjeuner où la tête de veau sauce gribiche était de rigueur. Puis un joyeux désordre s'installait dans la cour pendant qu'assis sur le pare-choc des voitures on enfilait les bottes et que les chiens renouaient connaissance en levant la patte sur le mur des écuries. C'est à ce moment que Zozo fit son entrée, calme et comme indifférent à ce nouvel environnement, pourtant bien différent des allées du bois de Boulogne et des caniches toilettés qu'il y rencontrait. Le nouvel auxiliaire du baron fit sensation, avec sa queue démesurée, et d'autant plus que le baron qui s'habillait Henry Pool et tirait Holland, avait habitué ses amis à plus d'élégance en matière de cabots. Il fut mis en laisse par son nouveau maître qui s'empressa de gagner sa place habituelle, le quatrième pommier d'un chemin vert qui cette année-là séparait un chaume d'une pièce de betteraves.

Vingt minutes plus tard une compagnie franchissait la ligne à hauteur du cinquième pommier et le baron faisait son premier doublé de la saison. Zozo le regarda faire, sans même tirer sur sa laisse et nullement surpris par les détonations. Puis un grand capucin tout en pattes décrivit un arc de cercle avant de bouler dans une gerbe de poils. Toujours pas de réaction de la part de Zozo.

À la fin de la traque notre homme avait proprement occis huit perdreaux et trois lièvres. Un des oiseaux, tombé dans les betteraves, n'était que démonté, et sans doute perdu. Malgré le peu d'enthousiasme montré par le chien au cours de la battue, le baron libéra, pour voir, son compagnon d'un jour. Soudain bouillant d'une énergie retrouvée, celui- ci se mit à courir comme un dératé, nez en l'air, faisant voler autour de lui les feuilles de betteraves. On prit cela pour une peur panique et rétrospective des coups de fusil, jusqu'à ce que, brusquement stoppé dans sa course, on le vit couler, très lentement d'abord, puis de plus

en plus vite, et finalement saisir un perdreau voletant, le démonté du baron. Il revint au petit galop, tirant derrière lui sa queue trop longue, une aile de la perdrix blessée lui faisant écran sur les yeux. Après avoir remis l'oiseau à son maître, on le vit ensuite rapporter impeccablement le gibier manquant, perdreaux raides à pleine gueule et lièvres qu'il devait un peu traîner, car il était petit de taille.

À dater de ce jour on ne vit jamais le baron sans son drôle de Zozo. Du moins de septembre à janvier. Car le restant de l'année il fallait au baron passer avenue Foch pour caresser son chien.

COMPTEZ MES DOUILLES !

Le plaisir de la chasse passe-t-il par le nombre de pièces de gibier dont on peut se vanter en fin de journée ? Au vu du comportement de certains, il semblerait que ce soit le cas. Prenez Tapedur : n'ayant tiré qu'une cartouche à la première traque, et encore sur un oiseau passant aux antipodes, il affiche une tronche qui en dit long sur l'injustice qui le frappe. Si la chance, ou la bienveillance du maître des lieux le place sous le robinet, il lui faut encore gonfler son tableau du gibier de ses voisins.

Des Tapedur on en rencontre partout. En Espagne qui font des ponts d'or à leurs *secretarios* afin qu'ils ramassent tout ce qui tombe sur la ligne, en Argentine lorsqu'ils font tirer leurs guides dont ils savent qu'ils sont beaucoup plus fins tireurs qu'eux, en Beauce, en Brie, dans les Ardennes, partout, au petit gibier comme au gros. Certains d'entre eux agissent en gagne-petit. Ils viendront par exemple examiner le sanglier que vous venez de bouler à dix pas en émettant des doutes sur le point de sortie de votre balle, qui pourrait bien être le point d'entrée de la leur, lâchée à cent cinquante mètres.

D'autres agissent en seigneur, coupant court à toute contestation possible, comme ce personnage qui répondit au garde lui demandant combien il avait de pièces à ramasser : *« Comptez mes douilles mon brave ! »*. C'est qu'il leur importe avant tout de soigner une réputation dont ils croient qu'elle les placera au premier rang de la hiérarchie cynégétique, dut-elle être conquise par d'inavouables expédients.

On cite le cas d'un grand industriel qui acheta, fort cher, un safari de trois semaines pendant lequel il fit chaque jour une courte promenade sans jamais s'aventurer au-delà des limites du camp, laissant au guide le soin de chasser les animaux qui figuraient au programme. Il en revint avec tous les trophées nécessaires à qui veut se construire une image de chasseur de fauves et put raconter jusqu'à la fin de ses jours, sous la gueule menaçante du lion qui ornait son salon, la terrible charge à laquelle il avait du faire face.

Peut-être l'avez-vous remarqué vous aussi mais voila un syndrome qui affecte en priorité les gagnants de notre société, rarement les sans grades. Habitués aux marches les plus hautes dans leur vie professionnelle et sociale, ils ne supportent pas une place qui ne soit pas la première. À la chasse comme ailleurs. J'en ai connu à qui tout avait réussi et qui pourtant aurait donné la moitié de leur fortune pour bien tirer. Quant à leur expliquer qu'un véritable chasseur ne trouve pas son plaisir à la quantité de gibier qu'il abat et moins encore à la moyenne qu'il réalise, c'est peine perdue.

Faut-il conseiller à ces accros la pratique du golf plutôt que la fréquentation des territoires de chasse ? Pour l'esprit de compétition, certainement. Pour y figurer en haut de l'échelle, pas si sûr : le maniement d'un club s'avère plus ingrat encore que celui d'une arme.

MOINS ON EST DE FOUS

On ne devrait chasser qu'en petit comité. Rien n'est plus délicieux que la réunion de quatre ou cinq carabines postées autour d'une enceinte battue par quelques rabatteurs et trois cabots bien gorgés. Rien n'est plus détestable que le rassemblement de dizaines d'individus répartis au coude à coude sur autant de lignes qu'il y a coke dans les soirées branchées.

Petit ou gros gibier, le plaisir de la chasse est inversement proportionnel au nombre des participants. Lorsqu'un faisan, miraculeusement indemne après le feu nourri de marcheurs qui l'ont canardé dès son envol parvient à la ligne, il lui faut encore essuyer les tirs croisés d'une demi-douzaine de postés qui ont à peine l'espace nécessaire pour épauler tant ils sont proches les uns des autres. Quand bien même il n'y aurait dans la troupe que des éclopés arsouillés dès le petit matin à la gnole locale, les chances de survie du volatile sont infinitésimales. Avec douze fois trente-six grammes de nickelé expédiés dans les nuages, le malheureux oiseau aura doublé son poids avant de toucher le sol, assurant ainsi la fortune du dentiste de celui qui le retrouvera dans sa bourriche. À moins que méfiant, il ne l'offre à sa concierge.

S'il s'agit d'une chasse plus naturelle, une levée d'étang par exemple, je vous parie une promesse électorale contre un bon du trésor qu'au-delà d'un cercle restreint de chasseurs il y aura toujours un nigaud pour refermer son fusil comme on claque sa portière de bagnole après avoir découvert un papillon sur le pare-brise, et un autre au moins pour tirer avant le coup de trompe. Au lieu des sarcelles escomptées, vous n'aurez plus droit qu'à une bande de colverts autochtones rivés à leur place d'agrainage, que ni les fusées tirées par le garde ni les chiens pataugeant dans la vase ne parviendront à faire voler.

Au gros, une débauche de participants est pire encore. Je ne vous raconte pas ce qu'il faut de consignes, d'ordres et de contre-ordres pour mettre en branle l'armée que constitue quinze actionnaires, trente invités, trois retardataires, un président, autant de chefs qu'il y a de lignes et autant de véhicules qu'il y a de sous chefs. Au mieux vous ne ferez que deux traques dans la journée, qui vous paraîtront interminables s'il n'y a pas de gibier et angoissantes s'il y en a. Passe encore si vos voisins ont la bougeotte et dansent la Saint Guy dès le début de traque : vous ne tirerez pas mais eux non plus, ce qui vous mettra à l'abri d'une balle qui n'est pas toujours perdue pour tout le monde. Mais si des animaux trouvent assez de place pour sauter entre deux chasseurs, courrez aux abris, plongez dans le fossé ou plaquez-vous contre un gros chêne. Et faites le très vite avant que ne se déclenche la fusillade que leur passage ne manquera pas de provoquer. Sachez qu'avec l'esprit de compétition qui anime vos congénères, il est peu probable qu'ils s'abstiennent de tirer au-delà de leurs voisins, voire au-delà des voisins de leurs voisins.

Que vous rentriez les fesses ou pas, un panaché de projectiles divers mais jamais inférieurs au 7 mm, croisera à quelques centimètres de la partie la plus charnue de votre individu.

Plus on est de fous...

SANGLIERS EN BALADE

Le sanglier n'est pas si grand voyageur que cela. Au mieux il se promène sur quelques milliers d'hectares. Ce n'est pas un animal erratique, encore moins migrateur. Quitte à mettre en brèche la croyance populaire, les grands vieux sangliers qu'il nous arrive de débucher n'ont aucun point commun avec les plombiers. Ils ne viennent pas de Pologne mais tout au plus du canton voisin.

Il n'empêche que cette bête a la bougeotte et fourre son groin partout, avec, ces derniers temps, une préférence pour les zones commerciales. Il est vrai que construites à la périphérie des villes, quelques mètres seulement les séparent des buissons les plus proches. De temps à autre une compagnie s'aventure sur un parking, peut-être à la recherche de déchets, et sème la panique chez les ménagères de moins de cinquante ans.

Aucune des grandes surfaces dignes de ce nom ne pouvant se désintéresser de la sécurité des consommateurs, des compagnies, de gendarmes ou de CRS, sont appelées en urgence et, dépêchés par les feuilles locales, des journalistes couvrent l'événement en se donnant des allures de reporter de guerre. Afin d'illustrer son article, l'un d'eux n'a pas hésité à publier la photo d'un phacochère. Il se peut qu'il ait souhaité mettre en avant le côté « safari » de l'opération à moins que l'un des sangliers ait foncé au rayon fruits et légumes et soit entré en collision avec un régime de bananes. Peu importe, car grâce à nos vaillants correspondants de presse nous apprenons qu'il faut en moyenne trente cartouches à nos militaires pour tuer une malheureuse bête rousse, soit quatre fois plus qu'un chasseur lambda.

Compte tenu du nombre de balles perdues, il n'est pas certain que nous sortions vainqueurs de la prochaine, quand bien même nous serions, une fois encore, les plus forts. À défaut d'efficacité, louons cependant la prudence dont ont fait preuve les forces de l'ordre : on ne déplore aucune victime parmi les clients et de faibles dégâts matériels, un pack de bières tombé d'un Caddy et la perte d'un porte-monnaie dont la propriétaire n'avait, de toute façon, plus de pouvoir d'achat.

Pour ma part je ne change rien à mes habitudes qui sont de me rendre en forêt pour y voir des sangliers, en Afrique pour y voir des phacochères et chez les commerçants du centre-ville pour faire mes courses.

Je ne risque pas non plus de tomber sur le ragot qui aurait pris pied sur l'île de Port-Cros après avoir traversé les neuf kilomètres de mer qui la sépare de la côte. Je n'aime pas l'eau, je nage mal et déteste prendre le bateau. Pourtant je m'inquiète. Port-Cros est bien un paradis pour naturistes où les ménagères de moins de cinquante ans comme celles qui dépassent les quatre-vingt piges font leurs courses entièrement nues. Imaginez le spectacle si notre sanglier, à la vue de tant de chair flasque, se mettait à charger.

UN CERF EN VAUT UN AUTRE

En plein règne du petit bonhomme aux lunettes noires, dans la Pologne de Jaruzelski ébranlée par Solidarnosc, j'avais été officiellement invité à tirer un cerf au brame.

À Paris, au siège de l'agence qui avait alors l'exclusivité des territoires polonais pour les chasseurs étrangers, on m'avait prévenu : *on vous fera tirer un cerf moyen, les bons trophées étant réservés à ceux qui en payent le prix.* Lorsque je reçus l'invitation et que je pus donner le nom du territoire où l'on m'attendait, on m'assura que Fidel, qui connaissait ses cerfs mieux qu'un berger ses moutons, me ferait voir tous les abshuss* de son secteur en commençant par les plus mal foutus, et que jamais je n'aurais à placer dans le réticule de ma lunette autre chose que de maigres bois, pas même bons à décorer l'entrée d'un pavillon de banlieue.

Car on prêtait à Fidel Castro, ainsi nommé parce que sa barbe était aussi fournie que celle du dictateur cubain, des pratiques peu compatibles avec l'idéal communiste. Il se disait que sur la zone forestière dont il avait la charge, il était possible d'obtenir un grand trophée pour moins de la moitié de la taxe d'abattage en vigueur, pour peu que l'on glisse dans sa pogne la moitié de cette moitié en bons dollars de l'oncle Tom, qui, changés au cours parallèle, voyaient leur valeur multipliée par dix une fois devenus zlotys*. On disait aussi que Fidel recevait beaucoup de chasseurs allemands. Rumeurs sans doute. Mais sachant que ma présence ne rapporterait à Fidel rien d'autre que l'embarras de se lisser la barbe en réfléchissant au cerf qu'il conviendrait de me faire tirer sans altérer ses fins de mois, je me dis que sauf rencontre imprévue, je considérerais tous les animaux qu'il me ferait approcher comme indignes de ma carabine, et ce du moins jusqu'au dernier jour de chasse.

Ce fut un brame exceptionnel, sur un territoire qui l'était tout autant. Je sus très vite que Fidel était capable d'identifier chaque animal à la résonance du raire qui lui était propre. Lorsque dix cerfs bramaient autour de nous et qu'il décidait de tenter une approche sur l'un d'eux, c'était toujours un animal médiocre que l'on découvrait. Le premier jour, je refusai de tirer les deux cerfs qu'il me fit approcher. À chaque fois il avait dessiné de ses bras une empaumure en répétant sur un air de réprobation indignée, *Kapital, Kapital !*

Le lendemain je fis rater deux approches, d'abord avec une violente quinte de toux que je justifiai en tirant de ma poche un paquet de cigarettes, puis en glissant bruyamment dans un fossé. Et le surlendemain, – de guerre lasse il m'avait conduit vers un cerf à la limite de l'acceptable – je levai enfin ma carabine et visai soigneusement, l'arme calée sur mon bâton de pirsh. L'animal était à cent mètres, en plaine, en avant d'un pommier isolé. Je pris le milieu du tronc et pressai doucement la queue de détente. Quitte à manquer, autant vérifier le réglage de ma lunette. Fidel faillit s'en arracher la barbe. En tous cas il jeta son chapeau. Et moi qui ne parlait pas un traître mot de polonais, je compris subitement la langue de Chopin, jusqu'à ses moindres nuances. Je traduis :

– On m'envoie ce fi de garce avec ordre de lui faire tirer un cerf. *Ça ne lui coute ni un kopeck, ni un zloty. Pour ce prix-là il lui faudrait le record du monde, et encore en l'attachant au pommier car il est pas foutu de faire une approche sans se casser la gueule ni de coller une balle à dix mètres dans la gare de Varsovie.*

Dans son parc automobile, Fidel avait une camionnette 2ch. Le retour à la maison forestière se fit aux allures d'une Ferrari et les silences du dîner ne laissèrent place qu'aux engueulades qu'il passait à sa femme. Je passai une excellente nuit.

La naissance de l'aube nous vit, Fidel aussi rigolard qu'un cachot de la Loubianka, devant une grande plaine tissant des nappes de brume. On distinguait nettement le brame de six cerfs, la puissance de leurs défis rauques, et même le cliquetis d'un combat dans lequel s'affrontaient deux rivaux. Mais rien encore n'apparaissait dans nos jumelles avant qu'une déchirure ne fit s'écarter le brouillard. Au pas, s'arrêtant pour défier ses rivaux en une succession de secousses bruyantes, puis repartant, un dix traversait doucement l'espace abandonné par la brume. D'autorité Fidel me tendit le bipode. Ce serait celui-là ou rien d'autre.

Après tout c'était le dernier matin et nous avions joué le jeu jusqu'au bout. L'animal était à cent-cinquante mètres environ, plein travers. Au moment d'épauler j'aperçus un autre cerf venir au petit trot, sans doute pour chasser le premier. Beaucoup plus beau, il portait quatorze. Ses jumelles focalisées sur le dix, Fidel attendait la détonation, sans avoir vu le nouvel arrivant.

Au coup de feu je vis très nettement la masse du quatorze s'écrouler, et l'autre, celui que j'aurais du tirer, décamper au grand galop. Fidel ne jeta pas son chapeau. Les bras ballants, désespéré, il répétait poudoi, poudoi, ce qui veut dire en polonais, du moins phonétiquement, manqué, manqué. Je lui rétorquai dans mon meilleur polonais et toujours phonétiquement, nié poudoi, dik kaput, pas manqué, cerf mort, en lui montrant une direction opposée à celle où il avait vu le cerf s'enfuir. Il me prit pour un fou.

Lorsqu'enfin je réussis à l'entraîner vers le point de chute de « mon cerf », il me suivit en haussant les épaules. Et quand il vit son trophée, il tomba à genoux, comme devant Lénine ressuscité.

Un cerf en vaut un autre... Et puis comme me le dit un ami à qui je racontai cette histoire dès mon retour à Paris :

– Encore un que les boches n'auront pas.

*Animal médiocre, à éliminer.

*Monnaie polonaise.

TOI TOI MON LOUP !

On crie au loup chaque été. Avec les bergers qui l'accusent de s'en prendre à leurs blancs moutons quand il ne précipite pas leurs brebis dans les ravins. Avec un ministre de l'Agriculture qui au nom de la défense du pastoralisme verrait d'un assez bon œil que l'on flinguât jusqu'au dernier tout animal lui ressemblant. Avec un ministre de l'écologie qui, soucieux de ménager la chèvre et le loup, autorise les préfets de certains départements à faire prélever ici ou là un ou deux spécimens. Avec les associations de protection de la faune sauvage qui hurlent au loup, et d'autant plus fort qu'il s'agit d'une espèce protégée. Avec des volontaires de ces associations qui parcourent les sites où l'on subodore sa présence afin d'empêcher les gardes nationaux désignés comme exécuteurs de mettre dans leur lunette de visée un animal par ailleurs si discret qu'on ne le voit jamais. Avec la justice qui saisie par l'ASPAS* ordonne l'arrêt de ces tirs. Avec des éleveurs qui demandent aux pouvoirs publics de déplacer les loups dans des parcs naturels, ce qui suppose dans un premier temps qu'ils veuillent bien se laisser capturer et plus tard qu'ils apprennent à lire, suffisamment du moins pour déchiffrer les panneaux délimitant les réserves qui leur seront attribuées. Avec des députés qui promettent pour la rentrée une commission d'enquête parlementaire chargée d'étudier les conditions de sa présence en France.

Nous devrions en connaître les conclusions dans quelques années. Il suffira alors de faire parvenir aux mâles dominants de chacune des meutes signalées dans nos belles Alpes le résultat de leurs travaux pour qu'ils adoptent enfin un comportement plus conforme aux traditions françaises d'hospitalité. Ils ne sont plus en Italie que diable ! Mouton à tous les repas, nos loups immigrés doivent comprendre que la République ne saurait le tolérer, pas plus qu'elle n'admettra qu'une jeune louve venue d'Asie centrale puisse porter le foulard hors de sa tanière, quand bien même l'exigeraient ses louvarts de frères.

Au fait combien sont-ils nos grands méchants loups, et d'où viennent-ils ? Cinquante-cinq selon les estimations les plus crédibles, les premiers arrivés d'Italie en 1993, à moins qu'ils ne descendent de sujets d'élevage relâchés intentionnellement. On l'entend dire parfois, et pas seulement par le petit chaperon rouge. Et combien sont les ovins qu'ils égorgent ? Entre quelques centaines d'individus et plusieurs milliers, c'est selon. Non pas que leur appétit soit à ce point variable, mais parce que le décompte des meurtres dont on les accuse s'inscrit dans la pure logique des intérêts de chacun : les défenseurs de la faune sauvage admettent quelques dizaines de victimes, le reste devant être attribué aux chiens errants, les bergers parlent d'un véritable carnage qui se chiffre en milliers de têtes, l'état lui a indemnisé en 2003, derniers chiffres connus, deux-cent trente-quatre bêtes sur un cheptel estimé de trois cent-quarante mille.

Allez savoir ! Autant essayer de donner le nombre exact des jeunes filles qui cet été verront le loup pour la première fois.

En matière d'environnement notre société est comme une chaise dont on aurait scié un pied. Elle a dépensé quelques millions d'euros pour relâcher dans les Pyrénées trois ou quatre ours arrachés à leur Slovénie natale et fait de même avec quelques lynx qu'elle a collés dans le Jura. Applaudissements. Enfin la nature retrouvée, avec prédateurs, proies, équilibre sans le chasseur, tout le toutim et les beaux discours en prime. Au premier mouton égorgé, patatras. Qu'on élimine ces sales bêtes ou alors qu'on leur donne à becqueter des croquettes.

Dommage. Venus d'Italie ou relâchés en douce, nos loups ne nous avaient rien coûté.

*Association de sauvegarde et de protection des espèces sauvages.

SUPER LE JUXTA

L'irrésistible ascension du fusil superposé date du début des années soixante. On la doit essentiellement au fait qu'il est devenu à cette époque plus facile à fabriquer industriellement que son homologue à canons latéraux et que se développait dans le même temps le tir aux plateaux d'argile : une discipline où il permet d'enchaîner les coups de feu à cadence élevée sans se brûler les doigts.

En dépit de l'indéniable succès qui est le sien puisqu'il équipe désormais la majorité des chasseurs, les vieux briscards dont je suis ne lui reconnaissent pourtant aucune supériorité sur le bon vieux juxta des familles. En partie parce qu'il traîne l'image d'un produit fabriqué à des milliers d'exemplaires pour une utilisation intensive sur les planches de tir avec comme corollaire des utilisateurs qui seraient plus tireurs que chasseurs.

À l'inverse le juxtaposé trouve sa noblesse dans la manière artisanale qui préside le plus souvent à son élaboration et procure de facto à son possesseur une sorte de brevet éthique le désignant plus chasseur que tireur. Tout cela bien entendu relève du domaine des préjugés, tant il est vrai que viandards et flingueurs flinguent indifféremment juxta ou super quand ils ne donnent pas de l'automatique, et le feraient avec des missiles s'ils en trouvaient chez leur armurier à des prix raisonnables.

Il n'empêche, et permettez une fois encore de laisser libre cours au parti pris, que le fusil superposé est une charrue, certes efficace à casser du plateau comme à labourer plume et poil, mais une charrue tout de même. Vous aurez beau faire, choisir le modèle le mieux équilibré, sélectionner pour sa crosse un noyer cinq étoiles et confier sa bascule à un graveur de réputation, vous n'aurez au bout du compte qu'un objet balourd et sans distinction qui jamais ne pourra revendiquer l'équilibre visuel et la finesse d'un juxtaposé. Lequel soit dit en passant est de loin plus agréable à porter à la saignée du bras et autrement plus rapide à recharger, ce qui est appréciable lorsque l'on est, pour une fois, sous le robinet.

L'unique superposé qui trouve grâce aux yeux des puristes dont je suis ainsi que des personnes de mauvaise foi dont je me fais le champion est un modèle anglais dont la production a cessé et que seul pourrait s'offrir un potentat des Emirats s'il était encore fabriqué. Tous les autres et dans le lot ceux que je possède (car il m'arrive malgré tout d'en utiliser) devraient être relégués aux vitrines des quincailliers, au milieu des casseroles. Et qu'on ne me dise pas que les juxta sont moins efficaces, au prétexte qu'ils sont plus élégants. À ce compte plus éclaterait la beauté d'une femme, plus grande serait sa stupidité.

Tous les grands fusils, Clary, Grey, Alphonse XIII, et bien d'autres, sabreurs tout aussi redoutables mais anonymes, utilisaient des juxtaposés. Quand on sait l'âpreté avec laquelle ils défendaient leur réputation, il est certain que s'ils avaient trouvé un outil plus performant, tous l'auraient immédiatement adopté.

Inconditionnel du juxta, je suis et je resterai, jusqu'à défendre mon point de vue à la manière péremptoire de ce bonhomme rencontré il y a peu et me parlant d'un couple que nous connaissions tous deux :

– Non monsieur, ils sont Portugais ! D'ailleurs ils parlent espagnol.

PETITES HISTOIRES DE LONGS BECS

Une dame et une demoiselle se partagent la faveur des chasseurs de petit gibier. Ils vouent à l'une ou à l'autre une passion telle que la quête de tout autre animal leur paraît présenter autant d'intérêt que le rapport annuel de la Cour des comptes.

Pour chasser la dame au long bec, on les sait prêts à se ruiner dans la location de territoires où la belle daigne s'arrêter lorsqu'à l'automne elle entreprend de fuir les rigueurs annoncées de l'hiver. Et ce qui reste du pécule va directement dans les poches du professionnel en cabots qui a su vanter les mérites d'un chien à même de bloquer le temps d'un sermon de grand messe la mordorée la plus farouche.

La petite cousine des marais n'est pas en reste. Pour elle aussi rien n'est trop beau, ni trop coûteux. La moindre parcelle de ce qui demeure des zones humides est aménagée avec le soin d'un jardinier travaillant aux parterres de Versailles. C'est que la demoiselle est délicate. Courtisée comme la plus dispendieuse des maîtresses, elle refuse volontiers ses faveurs à qui ne sait la séduire. Il lui faut aménager ses appartements afin que vus du ciel, elle les imagine destinés au séjour d'une grande duchesse. Bégueule elle n'est pas du genre à s'arrêter dans un routier : brûlés et platières, elle ne descend que dans les cinq étoiles. Pour en repartir aussitôt si le niveau d'eau n'est pas à sa convenance. Là-dessus elle est intransigeante : elle exige de pouvoir se mouiller les gambettes jusqu'aux chevilles mais refuse avec obstination l'eau qui lui monterait jusqu'à mi-cuisses. Le sachant, on hésite plus à investir dans des systèmes d'irrigation si sophistiqués que même un Romain y perdrait son latin.

Lorsqu'enfin le marais, vanté pour son excellence, aura fait l'objet d'une promotion tapageuse auprès de la gente échassière, on pourra espérer des réservations. Pour peu que d'épouvantables conditions météo n'entraînent pas d'annulation de dernière minute, il affichera complet dès la fin juillet.

Ne restera plus alors qu'à traiter les demoiselles au long bec avec les égards dus à leur méfiance naturelle. Faut-il les aborder vent dans le nez ou vent arrière ? Avec ou sans chien ? Et comment les tirer ? Entre le zig et le zag, après le zigzag, avant le zigzag ? Avec quoi ? Plomb 8 ou 9 pour l'instant mais qu'en sera-t-il avec la ferraille ? Sur tous ces points les théories divergent.

C'est en partie parce qu'ils ne sont jamais d'accord que les chasseurs se passionnent pour la chasse d'un oiseau qui leur fait faire des folies.

Pour sa chasse, c'est sans hésitation qu'ils bradent héritage, femme et enfants, tout en se livrant à des marches folles sur des terrains mouvants et nauséeux dont ils ne peuvent espérer que des rhumatismes.

Un de mes amis, apothicaire de son état, célibataire de profession et farouchement anti clérical, a consacré plus de cinquante années de sa vie à celle qui vous gratifie d'un baiser moqueur au moment de jouer la fille de l'air. Désormais cloué sur son fauteuil avec pour seul horizon les bûches finissantes de sa cheminée, il songe avec nostalgie aux demoiselles qui lui on fait déserter son officine et se sont montrées certaines années si ingrates qu'elles retardaient sans cesse leur visite.

DRÔLES DE DAMES

Chemin des dames. C'est ici, dans le département de l'Aisne, qu'a eu lieu l'un des plus effroyables carnages de la Guerre de 14-18. Cinquante ans plus tard, au début des années soixante, les femmes des villages alentour ramassaient encore pour les revendre au poids, les fragments de tout ce qui était tombé là, obus, balles, grenades, mortiers. Pas un mètre carré qui n'ait été soulevé, ouvert, pilonné. Pas un labour sans qu'aujourd'hui encore ne remonte à la surface un morceau de ferraille venant témoigner de la souffrance de ceux qui se sont étripés dans un face-à-face désespéré. À la fin du conflit, plus un arbre, plus une plante mais un paysage lunaire creusé de sapes, éventré de boyaux, scarifié de tranchées. Sur les côteaux, ces cotes prises, abandonnées et reprises à l'ennemi au rythme des attaques, il a fallu à la végétation des années pour tisser un écran de verdure. Les racines se sont accrochées aux flancs des abris éboulés, elles ont recouvert d'un manteau impénétrable d'épines et de lianes poutres et barbelés, sinistres vestiges des batailles sanglantes livrées par des armées enterrées.

Après la guerre, pas la Grande, celle qui devait être la dernière, mais l'autre, la Seconde, le secteur était devenu un formidable refuge pour tous les puants du coin, renards et blaireaux, comme pour les sangliers

dont il fallait bien cependant limiter le nombre. Ils ne sortaient qu'à la nuit, et le jour ils étaient inexpugnables. Un garde pourtant s'aventurait dans ce chaos, à quatre pattes, rampant ou collant aux coulées faites par les animaux, suivi de deux ou trois fox qu'il devait parfois extirper d'un trou dont ils ne pouvaient remonter. C'était pénible et dangereux mais sa hargne de la chasse était telle qu'il se risquait dans ce labyrinthe inextricable. Les fusils étaient placés en plaine, à l'affût d'un gibier qui tournait en rond et répugnait à sortir en dépit des aboiements furieux et des jurons et des hurlements de leur maître. Nous passions des après-midi entières à quelques mètres de sangliers qui soulevaient les ronces en passant devant nous et ronchonnaient comme fonctionnaires dérangés dans leur sieste. Les animaux ne manquaient pas mais nous devions la plupart du temps sonner la retraite avant d'avoir pu en tirer un, lorsque les chiens épuisés ne donnaient plus de voix et que le garde à bout de souffle réapparaissait, mains et visage déchirés. L'opération se déroulait en petit comité, cinq ou six chasseurs pas plus qui devaient en fonction des menées se déplacer sur plusieurs centaines de mètres pour tenter de se mettre à portée des cochons qui débucheraient. C'est-à-dire à moins de quarante pas puisqu'à l'époque nous n'avions pas de carabines. On le voit, le résultat n'était pas garanti.

Un jour d'octobre que je devais à moi seul garder le demi kilomètre que constituait l'un des côtés de la traque, le patron des lieux me laissa une voiture et me dit :

– S'il sort un sanglier trop loin pour le tirer ou si tu le manques, fonce à la voiture, traverse le village en trombe, tourne à droite au cimetière, prends à gauche au premier embranchement, arrête-toi à la sortie du cinquième virage et court jusqu'au gros chêne qui se trouve un peu plus bas. N'oublie pas, cinquième virage, le gros chêne, et fais vite.

Que voulez-vous qu'il arriva ? Un gros sanglier prit son parti dans la plaine, au galop soutenu. Je courus à la voiture en ne quittant pas le cochon des yeux. Au moment où j'ouvrais la portière, il disparaissait dans la forêt. Je démarrai comme un forcené, manquai d'écraser trois poules sur la place de la mairie, virai au cimetière dans un crissement de pneus à réveiller ses occupants et faillis manquer l'embranchement. À la sortie du cinquième virage, je freinai en catastrophe dans les pieds d'un cantonnier appuyé sur le manche de sa pelle et m'éjectai du véhicule comme s'il allait exploser.

– Vous venez pour le cochon ? Vient de sauter. Un fameux. Plus de cent j'dirais. J'va vous montrer son pied, au gros chêne qui passe ! En f'sant vite vous pouvez le recouper après la ferme au père Signolle, dans la montée. J'vous montre.

Départ en trombe, avec à mes côtés le préposé aux bas-côtés qui se révéla être le garde champêtre du village aux poules.

– Avancez bon Dieu, va pas nous attendre le bestiau, y coupe, y fait pas de détours comme nous.

Trois kilomètres plus loin nous passâmes à fond de cinquième devant la ferme du père Signolle, assez inspiré ce jour-là pour ne pas déboucher sur son tracteur.

– Aux peupliers, stop aux peupliers, y saute là ! hurla le bonhomme en triturant sa casquette.

Mais au moment où j'ouvrais la portière arrière pour prendre mon fusil laissé sur la banquette, nous vîmes notre sanglier traverser au trot la départementale et disparaître dans un sous-bois marécageux.

Merde se contenta de dire le bonhomme.

– Après j'sais plus. M'est avis qu'il passerait bien à la remise au Duchène mais ça fait une sacrée tirée. Et puis c'est plus chez nous. Notez bien qu'y a pas de chez soi pour un cochon qui vient du Chemin des dames, tranquilles qu'ils sont là-bas à pas pouvoir les déloger. C'est personne qui trouverait à redire si on les braconnait chez le voisin. Même que le Martin, tout garde fédéral qu'il est, y les tire la nuit de sa 4L, trop feignant qu'il est pour leur courir au cul en plein jour.

Au retour je déposai mon cantonnier garde champêtre à son fossé et regagnait la chasse.

Un mois plus tard je fus de nouveau convié et l'on me donna la même place en laissant une voiture à proximité. Fort de mon expérience précédente, on avait pensé que cette fois, je saurais me mettre à temps sur la trajectoire empruntée par les sangliers. J'allai me poster là où j'avais vu débucher mon cochon lors de la dernière chasse et j'attendis, sans bouger, en tendant l'oreille aux aboiements des chiens et aux invectives du garde. À cent mètres, un renard, dont seule la tête dépassait du couvert, risqua un œil dans la plaine avant de la traverser avec précaution. Je me rapprochai de l'endroit où il venait de sortir lorsque deux petits sangliers jaillirent de ses traces. Je les vis s'arrêter un court instant et m'éventant, partir au galop, encore trop loin pour risquer une balle.

Je me ruai à la voiture, traversai le village sans rencontrer de poules ni mon ami le garde champêtre à la sortie du cinquième virage, et fonçai sans m'arrêter jusqu'aux peupliers. J'attendis. Deux trois minutes peut-être, qui me parurent aussi longues qu'une séance chez le dentiste. Collé à un arbre, respiration bloquée, ils passèrent à dix mètres. Je fis le doublé, mon premier, deux jeunes laies, drôles de dames du Chemin des dames.

TEL PÈRE, TEL FILS

Il suffisait à Sigismond Dupontet de porter des knickers, tant il avait le mollet fin et la jambe élancée, pour qu'il fût considéré de haute naissance. D'autant que l'excellence de ses manières, la patine de ses armes et le vieilli de ses tenues lui conféraient l'indubitable marque de ceux qui sont nés. Bien qu'il ne fasse jamais état de ses titres, c'est toujours au marquis du Pontet qu'étaient adressées les invitations qu'il recevait aux battues de Sologne où il était venu s'installer en ermite dix années auparavant, dans une modeste maison ouvrant sur les bois.

Il avait pu l'acheter grâce au petit héritage reçu de madame Dupontet mère, ci-devant maquerelle respectée d'un claque situé en périphérie de Tours. Elevé avec la tendresse un peu pesante que peuvent prodiguer une demi-douzaine de braves filles, Sigismond prit tout gosse l'habitude de battre la campagne. Sitôt l'école terminée, il marchait à grands pas sur un chemin bordé de vénérables châtaigniers, dissimulait son cartable sous une souche et s'en allait baguenaudant sur des sentiers connus de lui seul, ne rentrant qu'à la nuit tombée.

Il sut ainsi la bauge du sanglier, le gite du lièvre, la remise des compagnies, le dortoir des ramiers, la queue d'un petit étang où se posaient les sarcelles, et même le profond d'un hallicr où sc cachait un grand cerf.

Le mardi, Sigismond rentrait plus tôt. C'était le jour du baron de l'Epine. Marié à une demoiselle de l'Herminette, plate comme une limande et grenouille de bénitier, le baron, désormais veuf, avait ses habitudes auprès de Josette, dont la poitrine était généreuse et la bonne humeur inoxydable. Son affaire terminée, le baron chaussait son monocle et gagnait sous les combles la chambre de Sigismond. Sigismond confiait au baron ses découvertes de la semaine : un brocard qui se grattait l'oreille dans la plaine de Tanon, une bécasse qui l'avait gratifié d'un formidable flap-flap en se levant du ru des Auldres, un renard mulotant avec des allures d'automate. Le baron racontait à Sigismond ses chasses, ses chiens, les grands fusils, une passée mirobolante à Granlieu ou un coup de carabine d'anthologie à Arc.

Le descendant des croisés et le fils de la maquerelle communiaient en cynégétique. Sigismond devenait le baron, s'imprégnait de son allure, copiait ses coups de fusil sans avoir jamais encore tenu une arme, et rêvait du même tailleur quand il était encore en culottes courtes. Monsieur de l'Epine retrouvait la 9 mm de son enfance, les merles qu'il tirait dans le parc avant qu'il ne se couvre de maisons Bouygues, oubliait les hypothèques sur son manoir et parfois imaginait le fils qu'aurait pu lui donner l'aigre Herminette.

À sa mort, Sigismond hérita de ses fusils, gagna quelque argent comme représentant en spiritueux, et sa maman disparue, se mit furieusement à chasser.

SI ÇA SE TROUVE !

Depuis que j'ai découvert qu'un chasseur de Sibérie avait trouvé des dizaines de pépites d'or dans l'estomac du grand tétras qu'il venait de tuer, c'est avec un drôle d'air que je contemple celui qui trône au-dessus de ma cheminée depuis plus de trente ans. Car c'est en Sibérie également que je l'ai tiré, et même si la région est vaste, je ne vois pas pourquoi le mien n'aurait pas lui aussi avalé quelques pépites pour faciliter sa digestion.

Mon premier réflexe a été de courir à la cuisine et d'en ramener un couteau bien aiguisé : on verrait bien ce que mon coq avait dans le ventre. Puis je me suis souvenu que le taxidermiste à qui j'avais à mon retour confié sa dépouille s'était payé une voiture neuve aussitôt après me l'avoir rendu naturalisé. Qu'un empailleur puisse s'offrir une allemande de grosse cylindrée, à l'époque j'aurai dû me méfier. À moins que ce ne soit Nicolas ! Nicolas était le guide qui m'avait mené à la pointe du jour jusqu'à l'arbre où chantait mon tétras. Ou plutôt j'avais soutenu Nicolas, jeté comme un débris, jusqu'au pin où mon oiseau, sourd et aveugle, claquait du bec. Sourd il fallait qu'il le soit, car de Nicolas giclaient sur mes bottes des cataractes de vodka. On se doute que l'approche n'avait pas été particulièrement silencieuse.

À bien considérer mon urogalle sur sa cheminée, ses grandes ailes voutées et déployées, ses yeux de porcelaine, je me demande ce qu'est devenu Nicolas. Supposons que ce soit lui qui ait trouvé les pépites en le vidant, au lendemain de sa cuite mémorable. Supposons qu'il appartenait au KGB, une certitude plus qu'une supposition car toute personne en U.R.S.S. mise au contact d'étrangers en faisait partie. Voilà donc mon jeune Sibérien nanti d'un petit capital grâce à l'or de mon coq, disposant des relations nécessaires auprès des apparatchiks en raison de son appartenance au KGB, et vivant dans un pays où il y a tant de gaz et de pétrole qu'il est suicidaire de craquer une allumette. Au moment de l'effondrement du communisme, il en fallait moins que cela pour se retrouver milliardaire en dollars.

C'est décidé, je vais mettre en vente sur *eBay* cet oiseau de malheur. Avec ce qu'on m'en donnera, j'achèterai deux boîtes de Prozac. Je n'admets plus de le voir en permanence hausser les épaules, dans la pose que lui a donnée l'amateur de grosses bagnoles. Exit l'empaillé, témoin de ma perpétuelle négligence. Penser qu'un enfoiré roule en Mercedes pendant que je me trimballe dans un tacot hors d'âge et qu'un autre empaffé version cyrillique sirote du millésimé sur son yacht, avec sur le pont un essaim roucoulant de blondasses pendant que je m'arsouille au gros rouge et à la petite brune, me rend malade.

Et puis je ne lirai plus les journaux. Si d'aventure je devais y apprendre qu'on a retrouvé des diamants dans un grand koudou, des rubis dans un impala et des émeraudes dans un bongo, je crois que je ne le supporterai pas.

LES VOISINS

On devrait pouvoir choisir ses voisins. Il en est de si emmerdants qu'ils vous donnent des envies de meurtre. Passe encore pour les mal élevés qui coupent systématiquement, ou tentent de le faire, les oiseaux qui se dirigent droit vers votre affût. Arrivera bien le moment où vous pourrez le leur rendre au centuple.

Mais parfois vous héritez de voisins dont le comportement est imprévu. Je me souviens d'un grand industriel disposant d'un des tout premiers portables, gros comme une boîte à chaussures. L'appareil peut-être, manquait encore de performances, toujours est-il qu'il forçait sa voix au-delà des limites du département. Il demandait à sa secrétaire de lui passer son directeur au Venezuela, ce qu'apparemment elle ne parvint pas à faire de la journée. Au dîner, il se plaignit de sa malchance : il n'avait pas tiré un seul coup de carabine.

Oh ! lui répondit un convive, cela ne m'étonne pas, les sangliers n'ont ici aucun sens des affaires.

Une autre fois, on plaça sur ma droite un bonhomme rondouillard qui m'avait été présenté comme le président des pêcheurs de France. C'était probablement vrai puisqu'il maniait son fusil comme une canne à pêche et soufflait comme s'il venait de passer trois heures à combattre un marlin. Au début il se tint à peu près tranquille, bien que visiblement peu rassuré, d'autant qu'un mur épais de fougères empêchait de voir ce qui se passait dans le sous-bois. Il y avait des sangliers qui tournaient en rond, peu pressés de sortir. Sans doute avaient-ils éventé la ligne. C'est alors que le roi du gardon, probablement mort de trouille, se mit à danser une drôle de danse. Je le vis reculer de cinq pas, avancer de deux, reculer à nouveau pour se retrouver cul au rembucher. Il plia les genoux, tête penchée pour regarder sous la végétation, en se demandant quelles bestioles pouvaient bien grogner comme cela. Il revint à son poste sur la pointe des pieds et je l'entendis siffloter discrètement pour se donner du courage. Puis, n'y tenant plus, il retraversa l'allée. Et soudain trois bêtes rousses jaillirent des fougères contre toute attente, pour passer à deux mètres du bonhomme toujours accroupi. Bien entendu impossible de les tirer à ce moment, sauf à coller une balle au ramasseur de bigorneaux. Quand une demi-heure plus tard fut sonnée la fin de traque, il avait retrouvé le rythme cardiaque d'un alligator. Il vint à ma rencontre :

– Beaux cochons n'est-ce pas ! Dommage j'étais à la sécurité. Et vous ? Pas pu les tirer hein, trop rapides !

LES CARTOUCHES

Toutes les cartouches sont bonnes. Du moins celles fabriquées de manière industrielle. Passer de l'une à l'autre n'influe guère sur les résultats. Un oiseau centré à distance de tir raisonnable tombera de la même façon, que l'on ait utilisé une munition chargée à 28 ou 36 grammes de plomb, du 7 ou du 4, une bourre grasse ou à jupe, un petit ou un long culot. Les différences, si elles existent, ne sont sensibles qu'aux portées extrêmes qui nécessitent des corrections que neuf chasseurs sur dix sont incapables d'effectuer.

On devrait donc ne se soucier pas plus que cela des cartouches que l'on utilise. Et pourtant ! Pas un dîner de chasse au cours duquel ne soit abordé le thème, pas une revue spécialisée qui ne lui consacre plusieurs pages dans chacun de ses numéros. C'est aux cartouches que sont attribuées sans exception toutes les pièces manquées et tous les coups de longueur réussis.

Chaque chasseur a la sienne, la meilleure, dont il défend les qualités avec l'opiniâtreté d'une perdrix grise protégeant ses poussins. Jusqu'au jour de méforme où il adoptera celle d'un voisin, bien meilleur fusil que lui, et ce jour-là en état de grâce. Et s'il lui arrive de tirer, à l'étranger notamment, des munitions inconnues, il leur attribuera tous les loupés du séjour, avec l'insistance d'un ministre défendant sa politique : trop lentes, pas de pénétration, irrégulières. Quand il devrait reconnaître sa lenteur à lui, son swing fatigué et son incapacité à apprécier les distances. Mais rien ne le fera changer d'avis, pas mêmes les démonstrations les plus évidentes.

Je fus un jour en Argentine le voisin de l'un de nos compatriotes, lors d'une passée du matin. Nous tournions le dos à une immense lagune que regagnaient les canards, en majorité des péposacas dont la taille et le vol s'apparentent aux colverts. Il avait pour guide un grand gaillard au physique de danseur de tango dont j'avais pu admirer, lors de séjours précédents, les qualités de tireur. Ils étaient à une centaine de mètres de mon affût mais cachés par une barrière d'épineux. Les bandes de « pépos » se succédaient, certaines inatteignables, à plus de cinquante mètres de haut, d'autres tuables et cependant pas dans les culottes, à vingt-cinq/trente mètres. Mon voisin tirait sans discontinuer, et sans résultat aucun. Et soudain il se mit à faire doublés sur doublés, foudroyant les oiseaux à toute hauteur, les cassant dans le ciel avec la régularité d'un métronome.

Je voyais le cou des oiseaux se plier, puis dans la fraction de seconde me parvenait le bruit des détonations avant de distinguer très nettement les « flocs » caractéristiques qu'ils produisaient en frappant la surface de l'eau. Je me dis que mon chasseur avait mis du temps à trouver son rythme mais que sa cadence retrouvée, il était devenu diablement efficace. Jusqu'au moment où un vol passa sans laisser une plume. Puis un autre pour le même résultat. Et ainsi de suite. Plus rien ne tombait. Dix minutes plus tard son guide vint me rendre une petite visite. Que se passe-t-il lui demandais-je ?

– Marc prétend que ce sont les cartouches qui ne sont pas bonnes. Il dit aussi que son fusil n'est pas assez choké et que s'il avait su, il en aurait pris un autre. Je lui ai demandé de me prêter son arme pendant cinq minutes. Le fusil est très bien, les cartouches aussi, simplement Marc tire deux bons mètres derrière.

Au déjeuner, Marc fulminait encore contre ces sacrées cartouches qui ne valaient pas tripette, même si Roberto alignait avec doublés sur doublés. Mais Roberto était argentin n'est-ce-pas ? Donc habitué aux cartouches lentes. Tandis que lui, Marc, était habitué aux cartouches hyper rapides, vous savez les Toomuch de chez Irland & Irland, celles d'ailleurs que tire exclusivement le grand Saintlary de Laroyère. D'ailleurs c'est bien simple, lui Marc, ne reviendra en Argentine qu'à la condition de pouvoir faire expédier quelques cartons de « ses » cartouches avant son séjour.

LA POISSE

J'ai la poisse. La scoumoune. Je suis noir. Lorsque je tire une carte, elle me conduit systématiquement vers un poste où jamais on a vu, de mémoire d'homme, passer la moindre pièce de gibier. Au mieux j'y ramasse un champignon.

Lorsqu'un miracle m'attribue une place à proximité d'une coulée très fréquentée, une conjugaison malheureuse de vent qui tourne brutalement, de promeneur en goguette ou de bûcheron soudé à sa tronçonneuse annihile tout espoir de tir.

Lors d'une battue de perdreaux, si d'aventure je suis sous la goulotte, il y a toujours une aile qui traîne des pattes à la vaine recherche d'un oiseau désailé pendant que l'autre s'imagine engagée dans un marathon. Pour peu que les rabatteurs avancent parfaitement en ligne et respectent la distance qui doit les séparer, c'est alors un chien qui vient gâcher la manœuvre, vidant sous les hurlements de son maître les volatiles savamment rassemblés au cours de la journée dans une pièce de betteraves, pour ce qui devrait être le bouquet final. À croire que je collectionne les pétards mouillés.

Pour ce qui est de la chasse des migrateurs, la chose est entendue. Je conseille vivement à ceux qui m'y invitent de s'en abstenir s'ils veulent avoir quelque chose à se mettre sous le fusil. Bécasses, bécassines, palombes ou canards quittent les lieux le matin de mon arrivée pour être remplacés plus nombreux encore par leurs semblables le jour de mon départ. *« Si vous aviez été là hier »* et *« Dommage que vous soyez parti la veille »* sont les phrases que j'ai entendu le plus fréquemment dans ma vie de chasseur. Faites un tour au syndicat d'initiative d'une station balnéaire bretonne et vous comprendrez ce que je veux dire : le temps était magnifique jusqu'à votre arrivée et le redeviendra aussitôt qu'écœuré par la pluie, vous aurez bouclé vos valises.

En fait je recommande à ceux des chasseurs qui auraient beaux marais, forêts profondes et plaines giboyeuses de m'y convier une fois l'an au moins. À peine les aurais-je remerciés en prenant congé qu'ils feront la chasse de leur vie. Outre la certitude, et pour cause, que je ne ferai pas grand mal à leur cheptel, ils peuvent être assurés que ma venue déclenchera à coup sûr, sitôt remonté dans ma voiture, les plus forts passages auxquels il leur aura été donné d'assister.

Un de mes amis ne s'y était pas trompé. Grand tirador de bécassines, il soignait son marais avec la méticulosité d'un jardinier. Il arrivait pourtant que les demoiselles au long bec se montrassent boudeuses, et ceci pendant des jours qui lui semblaient des années. Le seul remède à son désespoir consistait à me passer un coup de fil. Toutes affaires cessantes je devais aussitôt prendre la route. Il m'accueillait avec la joie d'un enfant à qui l'on apporte des bonbons, tirait de sa cave ses meilleurs crus et me conduisait vers ses platières les plus réputées, sachant pertinemment qu'on y lèverait pas même une sourde égarée. À mesure qu'avançait notre journée de bredouille, je sentais grandir son excitation. La perspective d'un lendemain d'anthologie le mettait aux anges. Son chien aussi qui me faisait une fête d'enfer au moment du départ alorsqu'il n'avait pas daigné saluer mon arrivée par le moindre balancement de queue.

Vous dire que j'étais consolé par le coup de fil qu'il me passait immanquablement dans la soirée du lendemain, serait mentir. Si la poisse se mesure à hauteur des tableaux réalisés par les copains, alors je suis vraiment poissard. Et que vous le soyez aussi n'atténue en rien le sentiment d'injustice qui m'habite.

QUAND ON VEUT TUER SON CHIEN

« Dans la protection de l'environnement et de la faune sauvage, les chasseurs ont un rôle important. Ils sont et seront associés à la démarche participative de la constitution de la charte de l'environnement ».

Voilà ce que déclarait Madame Bachelot, alors ministre de l'Environnement, dans un entretien accordé aux responsables d'une revue cynégétique.

Deux tours d'élections régionales plus tard et son portefeuille envolé, Madame Bachelot, que l'on sentait amère, défendait chez Fogiel le bilan de feu son ministère. L'animateur, qui par la taille et le mordant s'apparente au teckel, qualifiait de provocation les concessions faites aux chasseurs par l'ex ministre au cours de son mandat.

Oh vous savez répondit-elle, la chasse ! *« Dans un pays comme la France on ne chassera plus d'ici à une vingtaine d'années. D'ailleurs sa disparition est programmée ».* Frétillant de bonheur comme si on lui annonçait la fin du terrorisme, des guerres, des cancers et du sida avec en prime le décès de Philippe Bouvard, Fogiel cessa d'aboyer.

Je sais bien que Madame Bachelot a la réputation de ne pas mâcher ses mots, voire celle de commettre quelques gaffes à l'occasion. Mais tout de même, entendre une responsable politique annoncer que d'ores et déjà on prépare l'interdiction de la chasse, voilà qui laisse perplexe. Pourtant le terme utilisé, programmer, veut bien dire ce qu'il veut dire. Il y aurait donc en préparation un plan, une stratégie, des étapes arrêtées pour mettre légalement fin à une activité jugée politiquement incorrecte, et dérangeante pour les sensibleries toujours plus exacerbées de nos compatriotes. On peut imaginer que dans les ministères se réunissent en secret la fine fleur de nos fonctionnaires, l'excellence de nos naturalistes et le nec plus ultra de nos écolos, qui préparent en douceur la mort du chasseur avec d'infimes doses anesthésiantes, qui de petites restrictions en petites restrictions le conduiront à la paralysie totale.

Quels chasseurs tomberont les premiers, au champ d'honneur de la bêtise et du politiquement correct ? Les veneurs sans doute, à cause des larmes du cerf et du flamboiement de leurs tenues : insulte à Walt Disney et relent d'ancien régime. Puis les chasseurs de gibier d'eau, décidément trop encombrants lorsqu'il s'agit de se plier aux directives européennes. Et le tout venant des tireurs de petit gibier, enfin ce qu'il restera de lapins non myxomateux et de perdrix résistantes aux produits chimiques, c'est-à-dire pas grand-chose, une pie et trois étourneaux. Ensuite viendra le tour des chasseurs de grand gibier, mais là il faudra sans doute les matières grises cumulées de tous les majors de promotion de l'ENA pour résoudre le problème que posera la prolifération de ces satanées bestioles aux forestiers, aux agriculteurs et aux automobilistes. Encore qu'il semble que la fin des agriculteurs soit elle aussi programmée et que rares seront les automobilistes disposant d'un permis après que tous les radars prévus auront été mis en place. Quant aux forêts, compte tenu des canicules que l'effet de serre nous promet, elles auront brûlé.

D'une manière ou d'une autre, le dossier chasse sera bouclé, Madame Bachelot nous a bien laissé entendre que son inexorable programmation était en route. Faisons de toute façon confiance à nos politiques pour caresser l'opinion dans le sens du poil et lui faire croire qu'il en va de la sauvegarde de la faune sauvage. Un écran de bonne conscience supplémentaire pour cacher les véritables problèmes environnementaux, ça ne se refuse pas.

Quand on veut tuer son chien, on dit qu'il a la rage.

VIETNAM

Cela devait être en 1986. Avec quelques confrères journalistes nous avions été invités par un tour opérateur à chasser le gibier d'eau au Vietnam.

Les pays qui s'ouvrent au tourisme commencent souvent par le faire en accueillant des chasseurs. Ne disposant pas des infrastructures nécessaires, de petits groupes peu regardants sur le confort sont plus faciles à gérer. À l'arrivée nous fûmes courtoisement accueillis par le colonel Wu, s'exprimant dans un français impeccable. Sans doute parlait-il aussi bien le japonais et l'américain, ayant également combattu les ressortissants des deux pays dans les rangs des petits hommes en noir. Après les formalités de douane, vite expédiées à l'aéroport de Saigon, pardon Ho Chi Min ville, nous fûmes conduits dans un minibus jusqu'à l'hôtel Rex. Puis nous fîmes un peu de tourisme en taxi 4 cv, entre port, cathédrale et rue Catina.

Le surlendemain on nous emmena à la chasse. Surprise.., deux ravissantes vietnamiennes occupaient les places arrière du véhicule. Le colonel Wu fit les présentations : *« Ces deux jeunes filles sont infirmières. Elles sont chargées par les autorités d'intervenir au cas où l'un de nos très estimés visiteurs aurait un problème de santé. »* Sans illusion sur les capacités médicales des deux Tanagras, nous fûmes pourtant à la même seconde et sans exception atteints de maladies certes bénignes, mais nécessitant sur le champ des soins intensifs et immédiats. Au début elles surent se cantonner dans leur rôle. Mais au fil des kilomètres, il y eut comme des fissures dans leur endoctrinement : ce fut d'abord un sourire découvrant de bien jolies dents, très vite effacé par celui, glacial, du colonel. Puis nous eûmes un début de conversation, dans un anglais approximatif. L'un de nous fut chargé de détourner le petit homme Wu de sa fonction de duègne, en lui faisant chanter les mérites et les réalisations incomparables du communisme. On en vint alors à des agaceries ; à destination nos deux précieuses avaient abandonné toute prudence et minaudaient comme des collégiennes.

Le rendez-vous de chasse, construit sur une île façon pagode, avec un toit vernissé soutenu par des piliers, ouvert aux vents chauds qui soufflaient sur le lac, était au bout d'un interminable ponton : en fait il était destiné à récompenser les bons élèves du parti qui venaient là le temps de brèves vacances. Amarrés, des Pédalos à la proue de dragons attendaient les mollets prolétaires. Nous arrivâmes à la nuit tombée au moment du dîner, chacun se voyant octroyer un lit de camp posé sur une plateforme que des rideaux suspendus de bambous tressés délimitaient en chambres communautaires d'une dizaine d'occupants. Nos infirmières assurèrent le service avec des manières de geishas puis s'en allèrent, nous laissant à des rêves où des fées bienveillantes frappaient de leur baguette tous les colonels, qu'elles transformaient en mères maquerelles.

Nous ne les revîmes pas le lendemain matin. Tout le monde pourtant était là : les faces jaunes éberluées du cinq étoiles pour stakhanovistes, les préposés aux Pédalos et ceux des cuisines, et bien sûr le colonel qui susurrait ses ordres réfrigérants à une armée de rameurs censés nous rabattre le gibier du lac. Et encore des guides empressés, deux pour chacun d'entre nous, avec pour mission de nous glisser dans les roseaux jusqu'aux places stratégiques. On nous avait promis des canards, voire quelques bécassines. Beaucoup de canards et quelques bécassines.

Mauvais esprit, en contemplant les brumes qui s'effilochaient au pourtour d'un plan d'eau trop profond et trop avare de végétation pour être giboyeux, je fis à mes compagnons la prédiction d'une chasse bien décevante. Et de fait, pour tout potage, nous n'eûmes droit qu'à trois dendrocygnes et quelques judelles. Contourner une petite moitié du monde pour tirer deux poules d'eau, dur métier.

Au retour de cette modeste équipée, qui n'avait donné que des salves maigrelettes, nous aperçûmes le colonel à la proue du vaisseau hôtel. Sûr de sa stratégie en dépit d'un tableau qui ressemblait à un sondage en baisse, il souriait. Il n'était pas dit que la République démocratique du Vietnam laisserait ses hôtes en mal de gibier. Le minibus réapparut, et nos deux assistantes médicales avec, probablement mises sous abri verrouillé pendant la nuit.

Dans les états-majors, on avait dû préparer notre séjour de chasse avec le plus grand soin. Il y avait un plan B. Dans ses dossiers une rivière proche retint l'attention du colonel. Après tout c'était du gibier d'eau qu'il fallait trouver et puisque le lac avait échoué, c'est sur la rivière que l'on allait se replier.

Les cartes étant ce qu'elles sont et les pistes ne menant pas toujours là où elles devraient conduire, le chemin devant nous approcher du nirvana cynégétique passa par une plaine vérolée de miradors hérissés de mitrailleuses, sur laquelle s'échinaient à casser des cailloux une bonne centaine de femmes dont les corps maigres flottaient dans des vêtements informes. Erreur de parcours qui nous fit traverser ce qui aurait pu être le plus grand bordel d'Asie, toutes les prostituées de Saigon ayant été regroupées là pour, selon notre bon Wu que le détour contrariait visiblement, *« effectuer par le travail de la terre une rééducation volontaire »*.

Quant au chauffeur responsable de la bévue, il avait la mine caractéristique de ceux qui vont bientôt se porter volontaires pour une rééducation dont ils pourront à terme – quelques années – apprécier les bienfaits.

La chasse sur la rivière se résuma à une agréable promenade en barque à papoter avec les deux ravissantes qui, débarrassées du sourcilleux colonel demeuré sur la rive, avaient retrouvé toute leur gaieté. Pas un oiseau ne vint perturber la partie de canotage, pas une détonation ne vint rompre le marivaudage. Mais à peine avions-nous touché la berge qu'elles disparurent. Nous ne les revîmes jamais. Interrogé papa Wu prétexta une urgence médicale nécessitant un départ immédiat. À moins qu'elles aussi, prenant tardivement conscience d'une attitude honteusement contre-révolutionnaire, aient éprouvé le besoin d'un petit séjour rééducatif.

Retour à Saigon. Le lendemain nous vit aux aurores tenter de prendre un avion pour Hanoi. On voulut bien de nous et de nos fusils, mais pas de nos cartouches. Nous refusâmes d'embarquer sans nos précieuses munitions dont les stocks étaient quasiment intacts. Sans doute épuisé par les trois journées passées avec les représentants décadents de l'impérialisme bourgeois, le colonel qui nous avait quittés la veille sur les marches de notre hôtel, faisait la grasse matinée. En tous cas il ne répondait pas au numéro qu'il nous avait laissé « au cas où ». Son subalterne eut beau menacer le directeur de l'aéroport de toute la variété des supplices chinois répertoriés depuis la dynastie des Ming, rien n'y fit. L'avion décolla sans nous.

Enfin sorti du lit, notre bon Wu vint aux nouvelles. Une longue discussion en vietnamien, ponctuée des inévitables courbettes qui sont la marque d'un respect mutuel, s'engagea entre le militaire et le fonctionnaire dont la casquette, trop grande, était galonnée d'étoiles rouges. Pour le fonctionnaire, il s'agissait de céder aux exigences de notre mentor, en y mettant toutefois le temps nécessaire aux convenances. Une heure lui parut raisonnable. Et pour ne pas perdre la face, il finit par déclarer que ce n'était pas les munitions qui posaient problème, mais la façon dont elles étaient emballées. Nous avions pris soin de les mettre dans des mallettes métalliques, aucune d'entre elles n'excédant cinq kilos, conformément aux règles imposées par les compagnies aériennes. Il fallut les placer dans des cartons mal ficelés qui risquaient à tout moment de se déchirer, mais qui, nous assura le fonctionnaire désormais tout sourire, nous permettraient d'embarquer le lendemain sans problème.

Embarrassé par un excès de zèle ayant pour conséquence immédiate le fait de devoir nous supporter vingt-quatre heures encore, notre colonel nous proposa de meubler l'après-midi en chassant la bécassine dans les rizières, à quelques kilomètres de Saigon. Et cette fois le gibier était au rendez-vous. Hélas les oiseaux étaient pour la plupart impossibles à tirer, sauf à risquer de plomber une demi-douzaine de femmes parmi les centaines de silhouettes courbées au dur labeur du repiquage. Je ne sais plus lequel d'entre nous trouva la solution, Patrice probablement, ni comment nous pûmes nous procurer une cordelette, mais toujours est-il que nous inventâmes un nouveau mode de chasse à la bécassine en rizière, efficace et sûr : deux gamins reliés par une longue cordelette qu'ils laissaient traîner entre eux eurent pour mission de marcher parallèlement sur les diguettes qui entourent les rizières, tandis que nous avancions en les précédant de quelques dizaines de mètres. Chacun sait qu'une demoiselle au long bec, fut-elle de nationalité vietnamienne, zig et zag au ras du sol en s'appuyant sur le vent avant de monter à l'assaut du ciel sans cesser de crocheter. Cette méthode nous permit de les tirer lorsqu'elles étaient hautes déjà, sans danger pour les spectatrices involontaires de cette fusillade pacifique d'un genre inédit, la chasse en battue devant soi. Tout se passa bien et même de mieux en mieux à mesure que l'expérience nous apprenait quels intervalles entre nous et nos rabatteurs devaient être respectés pour que la majorité des oiseaux levés passent à portée de tir.

C'était sans compter sur le commissaire politique du village, réveillé dans sa sieste par des détonations qui en d'autres temps, eussent pu légitimement l'alarmer. Pantalon retroussé jusqu'à mi cuisses, il s'avançait pieds nus sur la digue boueuse en gesticulant comme s'il interprétait une danse tribale, et en vociférant comme une assemblée de zoulous. Il était suivi par une quinzaine de gosses de toutes tailles et d'un seul parti, dont les visages fermés reflétaient qu'eux aussi prenaient la chose très au sérieux. Marchant le plus en avant, c'est sur moi que fondit le groupe alors que mes copains avaient aussitôt effectué un demi-tour stratégique afin de se réfugier sous l'aile protectrice du colonel Wu resté dans le minibus. Prudemment je cassai mon fusil et glissai les deux cartouches dans la poche de mon gilet. Bien entendu je ne compris pas un mot de ce que vociférait le bonhomme mais son comportement surexcité me fit deviner qu'il n'était pas là pour m'indiquer les meilleurs coins à bécassines. Cerise sur le gâteau, il était fait comme un témoin au soir d'une noce, avec une haleine telle que les nuées de moustiques se tenaient prudemment à l'écart. Il voulait mon fusil, mes cartouches et que je le suive. Je ne lui donnai que mon fusil et partis moi aussi rejoindre monsieur Wu. Dans mon dos j'entendis le représentant du peuple hurler un moment encore mais un bref coup d'œil en arrière m'indiqua qu'il ne cherchait pas à me suivre, très occupé à l'examen de mon arme.

Arrivé à la voiture, je relatai à Mister Wu, devant mes amis goguenards, les circonstances ayant conduit à la confiscation de mon fusil. Ce n'est pas tant qu'il ait eu de la valeur ou que j'y tinsse particulièrement, mais dans la plupart des pays, entrer avec un fusil suppose en ressortir avec, faute de quoi le retour risque d'être désagréablement différé. Au colonel donc de le récupérer auprès du commissaire politique. Cette fois l'issue de la bataille devait être beaucoup plus hasardeuse qu'avec un fonctionnaire. Un commissaire politique peut avoir des pouvoirs supérieurs à ceux d'un officier de l'armée. Visiblement, ce qui nous faisait tous rigoler n'amusait pas super Wu. Et d'abord pour ses chaussures, impeccablement cirées. Puis pour son pantalon, qu'il prit soin pourtant de rouler jusqu'à mi-mollet. C'est ainsi qu'avec des allures de pêcheur de crevettes partit le colonel à la récupération de mon escopette, attaché-case à la main.

Nous suivions à la jumelle les tractations. Nous vîmes le colonel chercher un coin d'herbe pour poser son précieux Samsonite et en retirer un à un les dizaines de documents officiels l'autorisant à faire chasser des longs nez au Vietnam. Tout en serrant mon fusil contre lui comme preuve irréfutable du délit, mon tourmenteur déchiffrait chacune des pièces avec la lenteur obstinée d'un élève en calligraphie. Puis peu à peu une bruine, d'abord légère et s'épaississant à l'approche du crépuscule, estompa les contours jusqu'à noyer la scène dans un brouillard épais. Dégoulinant comme une serpillière, crotté comme un solitaire au sortir de sa bauge, Wu apparut enfin une bonne heure plus tard, avec fusil et attaché-case.

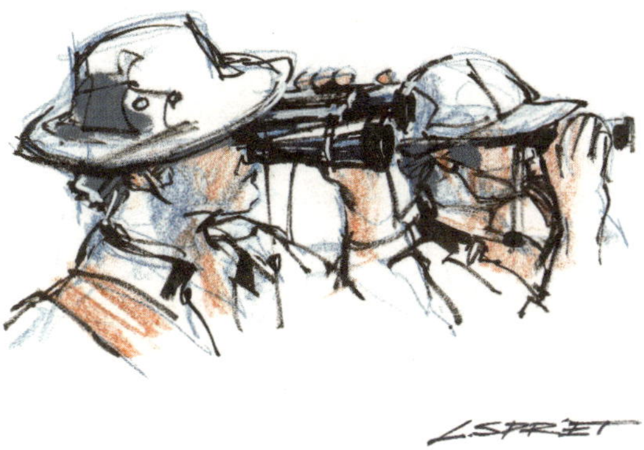

Ainsi va la chasse en pays étrangers, lorsqu'on la pratique avant la période de rodage indispensable à sa mise en place. Parfois le gibier n'est pas au rendez-vous et souvent l'organisation défaillante. Mais les découvertes qu'on peut y faire, cachées aux touristes ordinaires, valent toutes les emmerdes et les bredouilles du monde.

AH ! L'AMÉRIQUE

Il y a paraît-il trop de sangliers en France. C'est un point de vue. Qui n'est pas le mien lorsque je les chasse. Autant vous dire que la plupart du temps je trouve qu'il n'y en a pas assez et certains jours pas du tout.

Mais ces mêmes sangliers qui rechignent à passer devant mon affût font semble-t-il le désespoir des agriculteurs. Ils ne sont pourtant pas bien gros nos sangliers. L'appétit vient en mangeant, soit. Mais le fait que des cochons de quelques dizaines de kilos parviennent à mettre sur la paille les plus performants de nos céréaliers demeure pour moi un mystère.

En Amérique je comprendrais. Ils ont là-bas, au Texas ou en Géorgie, des cochons sauvages gros comme les bisons flingués par Buffalo Bill à coups de Winch, trois, quatre, cinq cents kilos. Ridicules nous sommes en France : à peine assez de pétrole pour alimenter un Zippo et des bestioles qui ne nourriraient pas Astérix au petit déjeuner.

L'Amérique c'est tout de même autre chose. Et le Texas encore autre chose ! Nous avons des dégâts, eux aussi. De part et d'autre de l'Atlantique, ça cogite dur, longtemps sous le béret, très vite sous le Setson. Comment faire ? *« Ya qua »* dit le franchouillard en se grattant la calvitie, faire le compte des chromosomes, n'autoriser le tir des laies qu'au dessus de cinquante kilos, réintroduire le droit d'affût, et surtout, surtout, demander à l'Office National de la Chasse et de la Faune Sauvage une étude sur *« les ravages du suidé en milieu ouvert et bocager dans le paysage rural du début du XXIe siècle »*. Puis une loi sera votée, après consultation des associations compétentes et des syndicats, et sur avis des chasseurs de gibier d'eau et des amateurs de chihuahuas.

Good morning Vietnam gueule le texan en mâchouillant son cigare. Envoyez les hélicos* ! C'est que là-bas on ne fait pas dans la dentelle. Rien à foutre des origines du cochon, mâtiné pécari, croisé truie venue dans les soutes de Colomb, asiate du Pendjab réchappé d'une lance britannique ou Turco-Bulgare importé au temps de la prohibition. Du moment qu'il bouffe et qu'il pèse, on défouraille avant de demander à un solitaire sa carte verte.

C'est un gamin de onze ans qui vient de tuer le plus gros, une demi tonne, pas à la 600 nitro express mais à l'arme de poing. Comme papa John Wayne : bing, bing, bing, huit coups.

Tout américain qu'il soit ce « chiard » m'énerve. J'ai tué mon premier sanglier à l'âge de douze ans en forêt d'Orléans, près d'Ingrannes, à la brenneke. Cinquante kilos tout habillé, dix fois moins lourd. Et quarante ans plus tard chez les mangeurs de yaourts, un petit deux cents kilos tripes comprises, mon plus gros, opéré 300 mag. sur le rivage de la mer Noire, sous pleine lune et tapis de neige.

De quoi ais-je l'air maintenant avec mes gorets lilliputiens, mon âge canonique, ma 9,3 pouet pouet, sans pétrole et sans idée ?

*Au Texas, le tir des cochons sauvages depuis hélico est autorisé. À quand le napalm et les missiles air/sol ?

UNE BOUTEILLE À LA CHASSE

Jetée à la mer, une bouteille peut délivrer le message qu'elle contient après un parcours aléatoire au gré des courants. Offerte à l'hôte qui vous reçoit à la chasse, elle peut emprunter de curieux chemins qui parfois, après bien des détours, la ramènent jusqu'à votre cellier.

Ainsi un de mes amis avait offert à celui qui l'avait invité à taquiner la bécassine du côté de Noyelles, un flacon de Calvados hors d'âge, hérité en droite ligne d'un arrière grand-père bouilleur de cru dans le bocage normand, dont la production assurait à l'époque l'approvisionnement de la moitié des débits de boisson hexagonaux.

Peut-être même s'agissait-il de la célèbre cuvée du Uhlan, découvert en parfait état de conservation au début des années soixante lorsque, fuite oblige, il fallut entièrement vider la cuve au fond de laquelle il reposait depuis près d'un siècle. L'uniforme toujours impeccable et le casque à pointe à peine cabossé ne laissèrent aucun doute quant aux origines de celui qui fut identifié comme un buveur de schnaps trop brutalement reconverti dans le *calva*. Grâce à sa plaque militaire on put prévenir ses descendants, prussiens, qui s'empressèrent d'ôter des étagères du salon les médailles qu'avait reçu à titre posthume un ancêtre dont la gloire se dissipait tout à coup dans des brumes par trop éthyliques.

Mais revenons à notre bouteille, entre toutes reconnaissable à son étiquette jaunie sur laquelle on décelait encore l'écriture appliquée de son millésime, ainsi qu'à la couleur ambrée du liquide, preuve s'il en est de grand âge et de caresses insoupçonnables. Quel parcours a-t-elle suivi pour que deux ans plus tard, elle soit offerte à mon ami par un de ses invités à l'occasion d'une chasse donnée dans son Bourbonnais natal ? Seules parlent les bouteilles confiées aux océans et celle-ci était muette. Après enquête il fut possible de reconstituer en partie les étapes qui jalonnèrent son tour de France cynégétique.

Notre tireur de bécassines fut invité en Alsace où, chacun le sait, c'est à la mirabelle que vont les préférences. Deux semaines plus tard on retrouve notre bouteille en Sologne où elle demeure quelques mois. De là elle passe en Aquitaine, une palombière probablement et un goût prononcé pour le marc local. Puis on perd sa trace, car malencontreusement emballée dans un carton ayant contenu du pâté de soja, elle est offerte par mégarde à un couple d'écologistes végétariens qui s'en débarrasse aussitôt chez un vague cousin en pleine cure de désintoxication.

Lequel la contemple un bon moment et finit pour ne pas céder à la tentation par la laisser chez un ami où elle réintègre le circuit de la chasse car il est, dans sa Bretagne et derrière son breton, un furieux amateur de bécasses. Comme il ne dédaigne pas non plus la grive, il n'hésite pas à se rendre à l'invitation qui lui est faite dans le Bourbonnais et c'est ainsi que mon ami reçoit en cadeau le flacon qu'il avait offert deux ans plus tôt.

La morale de cette histoire, c'est que le monde de la chasse est bien petit et qu'il faut éviter de boire une bouteille qui vous est offerte : d'abord parce qu'on ne sait jamais ce qui a pu traîner dans la cuve d'où on l'a tirée, ensuite parce qu'il est bien pratique d'en avoir une sous la main lorsque l'on est invité à la chasse, et accessoirement parce qu'avec un peu de chance on la récupère, ce qui permet de l'offrir à nouveau.

LIVRAISON À DOMICILE

Mietec me fit comprendre qu'il avait besoin d'un petit somme. Rien d'étonnant après une nuit passée à refaire la Pologne avec ses amis forestiers. Et la Pologne ça ne se refait pas sans carburant, à en juger par le nombre de cadavres que j'avais aperçu en prenant mon café, rassemblés en un gros tas de verre sur la table de la cuisine.

Nous partîmes à nuit noire dans une jeep russe aux suspensions aussi dures qu'un verdict stalinien. Elle dispensait en nuages nauséabonds ses gaz d'échappement dans l'habitacle, et grinçait de toutes ses tôles dès qu'elle rencontrait une ornière.

Mietec arrêta son véhicule sur un chemin de forêt, éteignit les phares et se tassa sur son siège pour cuver à son aise. Si j'avais bien compris ses explications embrumées, j'étais censé trouver à deux ou trois cents mètres une plaine sur laquelle se dressait un mirador. En sortant du bois un coup de lampe torche me révéla sa silhouette.

Sitôt l'échelle grimpée je tentai avec mes jumelles de me faire une idée des lieux, mais il faisait décidément trop sombre. Je m'assis donc sur la planche dont était dotée la plateforme et j'attendis. Je crois même m'être endormi quelques minutes. De temps à autre, un peu par acquis de conscience, je donnais un coup de jumelles dans la nuit d'encre. J'étais là depuis une heure peut-être lorsque je crus distinguer trois masses en bordure de la forêt.

J'aurais juré que l'une d'elle avait bougé. Ça pouvait être des sangliers mais c'était si loin et l'on y voyait si mal que ça pouvait être aussi bien des vaches, la découpe d'un buisson, ou trois mollahs faisant leur prière. Encore qu'en Pologne les mollahs ne courent pas les rues, moins encore la campagne, et font rarement leurs prières au pied d'un sapin ! N'empêche que ces trois je ne sais quoi m'intriguaient et que je ne pouvais m'empêcher de revenir dessus toutes les deux minutes, en m'écarquillant les yeux. Arriva un moment où je ne vis plus rien. Puisque les formes avaient disparu, j'étais certain au moins qu'il ne s'agissait pas de rochers. Trente secondes ne s'étaient pas écoulées depuis leur disparition qu'elles réapparurent, mais cette fois au petit trot, et se dirigeant droit sur le mirador.

C'était bien des sangliers, un gros et deux petits, sans doute une laie et des bêtes rousses. Ils allaient passer devant moi dans la plaine, à une cinquantaine de mètres. Je choisis de tirer le dernier et le moins gros de la bande. J'avais une Kiplauf fort heureusement équipée d'une lunette à point lumineux, car la totale absence de lumière n'aurait pas permis de voir le réticule. À mon coup de carabine, les trois sangliers firent brutalement demi-tour et gagnèrent au grand galop la forêt. Je crus entendre du bois cassé puis plus rien.

Une heure plus tard, alors que le jour était levé, je tirai une chevrette. Peu après huit heures, je descendis du mirador pour aller au résultat. Mietec, encore mal réveillé, me rejoignit alors que je cherchais des traces de sang à l'endroit où j'avais tiré le sanglier.

Djiki lui dis-je, ce qui chacun le sait signifie sanglier en polonais. *Petit djiki, bébé djiki,* ajoutais-je en passant la main au ras du sol pour lui donner une idée de la taille de l'animal. *Possible hôpital* dis-je encore, car je savais que les gardes polonais entendaient ce mot lorsqu'il s'agissait de gibier blessé.

Djiki kapput, gros djiki aoto, me répondit Mietec. *Petit djiki,* insistais-je.

Niéma petit, solitaire, *aoto, kapput.* Pour mieux se faire entendre, il me toucha la jambe au dessus du genou.

Je décidai que le bonhomme était encore sous les vapeurs de vodka, lui indiquai l'endroit où j'avais tiré la chevrette, et j'entrepris de remonter la trace de mes sangliers. Pas la moindre goutte de sang. À peine avais-je parcouru une cinquantaine de mètre sous bois que j'aperçus la voiture, beaucoup moins éloignée du mirador que je ne le pensais, le chemin sur lequel elle était garée étant pratiquement parallèle à la lisière de la plaine. En m'approchant je vis un gros sanglier, très exactement à l'aplomb du pare choc arrière, aligné perpendiculairement à l'allée, prêt à être chargé. Balle de cœur. Après une course de cent mètres, il s'était écroulé au pied de la jeep, à l'endroit précis où nous aurions dû le traîner avant de le hisser dans le coffre.

Ce que j'avais cru être dans l'obscurité une laie et ses petits était en fait un gros mâle et ses pages, deux cents kilos ou plus, puisque la victime que j'avais jugé deux fois plus petite en accusa quatre-vingt seize sur la bascule de la maison forestière.

La difficulté qu'il y a à juger de la taille d'un animal par nuit sombre avait fait que je n'avais pas tiré le sanglier de tête. Ce que j'avais pris pour une laie était probablement le plus beau « kaiser » qu'il me sera donné de voir, même si je devais chasser quelques années encore.

J'en voulus un peu à Mietec de m'avoir abandonné ce matin-là. S'il m'avait accompagné sur le mirador en place de ronfler dans son 4x4 soviétique, lui n'aurait sans doute pas fait la confusion entre une grosse femelle et un grand mâle.

Mais le soir-même, le voir mimer et l'entendre raconter l'anecdote à un ami venu me rejoindre, en s'aidant des quelques mots qu'il avait appris de chasseurs français, me paya largement de ma déconvenue :

« Mietec, chasse, beaucoup chasse, beaucoup travail, beaucoup fatigué, Mietec dormir aoto. Aoto boum, Mietec reveil, sortir aoto. Djiki kapput » Il recommençait dix fois son récit, l'accompagnant de mimiques toujours plus expressives, et le terminait immanquablement par un *« Nasdrovié »* tonitruant avant de vider son verre.

Un sanglier, qui plus est parfaitement mort et livré prêt à charger, ça s'arrose.

BIEN ÉLEVÉ

Vu lors d'une battue en Sologne : tous les oiseaux passent de gauche à droite par le travers et à moins de vingt mètres d'un bonhomme qui les casse systématiquement. Un, cinq, dix faisans sont pliés et tombent devant l'affût de son voisin de droite qui doit parfois s'écarter pour ne pas prendre les oiseaux morts dans la figure. Le tireur porte une veste camo, tire superposé ball-trap, éructe de satisfaction après chacun de ses coups de fusil et s'encourage à la manière d'un pro du tennis après chaque oiseau broyé dont il fait des édredons.

Le voisin, knickers, flammes et platines juxtaposées, le rejoint :

– Monsieur je vous en prie, faites-moi le plaisir de prendre ma place. Elle est bien meilleure.

SANGLIERS À GOGO

Sous réserve de disposer des ingrédients nécessaires, il est assez facile de préparer pour des invités la recette du sanglier à gogo.

Pour ce faire achetez, à moins qu'un héritage ne vous en dispense, une vaste propriété dans un secteur giboyeux. On en trouve assez fréquemment chez notaires, marchands de biens et autres pourvoyeurs de même acabit. Commandez quelques tonnes de maïs (disponible dans toutes les bonnes coopératives agricoles), ajoutez en quantité pommes de terre, goudron végétal et succulences diverses. Assaisonnez largement d'essences olfactives, au chocolat par exemple. Faites répandre par le petit personnel. Laissez reposer. Répétez l'opération autant de fois que nécessaire du 1er janvier au 31 décembre. Fixez le jour de votre battue, si possible après que vos voisins aient chassé. Lancez vos invitations. Placez les convives autour des enceintes sur de petits miradors. Faites servir par deux douzaines de rabatteurs. Ajoutez au fond de sauce quelques courants bien gorgés.

La recette est simple. Attention cependant : elle ne peut être préparée sur un même territoire qu'une ou deux fois dans la saison. Car à mesure que le plat se réchauffe, ses portions diminuent au point qu'assez vite il n'y a plus rien à se mettre sous la carabine. Mais c'est un plat très en vogue à consommer sans modération chaque week-end, dès lors que fonctionne le rebond des invitations.

Le jeu consiste donc à pomper tous les sangliers d'un secteur en leur assurant une tranquillité monacale et plus de bouffe qu'ils n'en peuvent ingurgiter. Ne peuvent gagner que ceux dont les domaines sont les plus étendus. Pratiques bien entendu jugées déloyales par tous leurs voisins. Au point qu'un président de fédération a menacé de publier une liste où l'on retrouverait les noms de ces propriétaires indélicats, ainsi désignés à la vindicte de voisins désormais condamnés sur leur territoire à la bredouille.

La menace n'ayant pas été mise à exécution, on ne sait pas si cette liste existe et moins encore combien de noms elle comporte. On ne sait pas non plus si la liste que prétend détenir Bercy des évadés fiscaux existe mais on sait du moins qu'elle comporte trois mille noms. Dès lors il s'en faudrait d'un rien pour que de mauvais esprits soutiennent que si l'on pouvait avoir en main les copies des deux listes fantômes, on ne devrait pas s'étonner de retrouver dans le document du ministère des Finances des noms qui figurent aussi dans le rapport fédéral. Si l'un et l'autre n'ont pas été publiés à ce jour, c'est que le premier est codé et le second écrit à l'encre sympathique.

LES CONSIGNES

Tout président digne de ce nom se doit de tenir un rond de chasse avant de lâcher ses équipes dans la nature. Ce n'est pas aussi facile qu'il y paraît. Il y faut de la patience, de la clarté et de la fermeté, si possible une pointe d'humour afin de capter l'attention. De la patience parce que toute réunion suppose deux ou trois retardataires, autant de bavards et quelques *jean-foutre* : c'est un quidam qui gagne le cercle à cloche-pied en tenant à la main la botte qu'il n'a pas eu le temps de chausser, un gugusse qui raconte à ses voisins pour la quatrième fois l'histoire du gros sanglier qu'il a tué ici même quinze jours auparavant, ou un traîne-pattes qui marque la haute considération qu'il a de lui-même par le mépris de consignes que seul un béotien pourrait prendre à la lettre.

Avec un auditoire aussi réceptif que celui d'une vingtaine d'ados en difficulté scolaire et plus intéressés par la fumette que par l'imparfait du subjonctif, faire passer les messages concernant la sécurité, le plan de chasse ou l'annonce de fin de traque relève du sacerdoce. Fort heureusement, lorsque casquettes, toques et chapeaux regagnent les occiputs, marquant ainsi la fin du discours, des instructions écrites sont distribuées à chacun des chasseurs sous forme de photocopies. La moitié d'entre elles termine froissée au fond des poches de ceux qui de toute manière n'ont pas l'intention de les respecter, et l'autre moitié est soigneusement pliée et rangée dans la veste de ceux qui auront oublié leurs lunettes au moment de les consulter. Elles se révèlent pourtant très utiles dans les urgences que l'on sait, raison pour laquelle nous ne saurions trop recommander à nos responsables cynégétiques de fournir des ronéo dont le format ne doit en aucun cas être inférieur à 21x29,7 et dont la qualité doit être adaptée à l'usage que certains des membres de leur auditoire seraient contraints d'en faire. Un bon président, évitant papier bible et Velin glacé, se reconnaît à ces petites attentions.

Ne lui reste plus alors qu'à distribuer les postes. Soit il les attribue arbitrairement, soit il laisse au hasard le soin de leur désignation. Dans le premier cas, si vous n'êtes pas de ses intimes, décrochez votre portable, prenez la tête de quelqu'un dont tous les avoirs étaient en bourse, prétextez un accident dont votre épouse aurait été victime et filez sans plus tarder. Dans le second, tentez le coup même s'il se dit qu'on aurait vu certains présidents ne pas mettre en jeu toutes les cartes et se réserver, à leur usage et à celui d'un ou deux de leurs amis, quelques-uns des meilleurs postes. Je n'en crois rien. Nos présidents sont parfois brouillons mais jamais malhonnêtes.

Si le vôtre tue deux douzaines de grands animaux dans sa saison quand vous n'en tirez que deux, c'est qu'il a de la chance et vous pas. De plus il est chez lui. C'est d'ailleurs la raison pour laquelle il est président et donne ses consignes.

K.O.

Il coulait une vie heureuse dans une grande ferme du Bassin parisien, entre le canapé du salon dont les baies vitrées donnaient sur le jardin et la salle de jeux des nombreux enfants qui peuplaient la maisonnée. L'été il se permettait parfois un aller et retour dans la piscine, bien que cela ne fût pas autorisé. Mais allez donc empêcher un labrador de se baigner.

K.O. avait un maître qui chassait pratiquement tous les jours, comme chassaient à l'époque pratiquement tous les jours les cultivateurs de la région. Ils ne donnaient qu'une battue dans l'année mais les invitations toujours rendues se succédaient sans interruption de l'ouverture début septembre, jusqu'à la mi-octobre. Une sorte de rite était établi qui faisait que chaque ferme avait une date réservée. À Vitry le premier lundi de la semaine d'ouverture, à Arvigny le mercredi de la deuxième semaine, à Andrezel le jeudi suivant et ainsi de suite. Un calendrier sans surprise reconduit d'année en année et de génération en génération, avec des habitudes érigées en tradition, comme l'heure du rendez-vous et le menu des déjeuners : 10h30 et tête de veau à Champigny, 11h00 et poulet chasseur aux Bordes, 10h00 et pot au feu à Eprunes.

Aux préparatifs qui agitaient la maison avec la rentrée des classes, K.O. sut que la saison de chasse était proche. Venues des champs, les odeurs mêlées des chaumes retournés, des premières betteraves arrachées et des coupes de luzerne vinrent conforter cette impression. Pourtant son maître ne donnait aucun signe de l'agitation qui le prenait habituellement à cette époque. Il fit un tour dans la bibliothèque où il remarqua qu'aucun fusil n'avait quitté le râtelier. Pire, dans l'armoire grillagée où l'on stockait habituellement les cartouches ne restaient que quelques boîtes éparses, reliquat de la saison passée : le réapprovisionnement n'avait pas été fait. Dans l'arrière-cuisine, les chaussures, les bottes, les vestes et les chapeaux demeuraient invisibles dans les placards.

Le lendemain, alors qu'il arrosait un pommier où il avait ses habitudes, il crut entendre un coup de fusil : très au loin et peut-être était-ce tout bêtement un canon à corbeaux. Il décida qu'il valait tout de même mieux en avoir le cœur net et se coucha sur la pelouse, tête penchée, oreilles dressées. C'est alors qu'il distingua nettement un crépitement, celui que donne une fin de battue lorsque toutes les compagnies ont été rassemblées dans une pièce de betteraves. La chasse était ouverte. Pourquoi donc son maître était-il en train de téléphoner dans son bureau ? Il se dit que les hommes avaient parfois des idées bizarres qui les conduisaient à des occupations curieuses les détournant de l'essentiel. Demain tout rentrerait dans l'ordre.

Le jour suivant il ne quitta pas de la matinée les talons de son patron, l'interrogeant des yeux à chaque fois qu'il croisait son regard. Lorsque passa le facteur il sut qu'il était trop tard pour espérer un départ. De dépit il alla retrouver son pommier.

Cette fois la pétarade était proche et venait du Plessis.

Au Plessis, premier mardi suivant l'ouverture, 10h30 et cassoulet, on ne remarqua pas tout d'abord l'arrivée de K.O. Presque tous les fusils présents avaient un chien, ce qui fit qu'on le prit pour le chien d'un autre. Il rejoignit la troupe en fin de première traque alors qu'elle montait dans

le GMC qui la conduirait à la battue suivante. Il grimpa l'échelle derrière un braque allemand. K.O. qui n'aimait pas la concurrence, remarqua un invité parisien sans cabot. Lorsqu'il descendit, il descendit avec lui et le suivit jusqu'à son poste. Le citadin pensa à un chien descendu trop tôt du camion et qui rejoindrait son maître un peu plus tard sur la ligne.

Les premiers lièvres bosselaient un chaume ras en s'interrogeant sur les fuites possibles. Deux compagnies tirèrent des bords avant de se reposer. Enfin un isolé prit leur affût en point de mire. Le parisien le sécha proprement. Il rebondit sur un chemin vert en laissant une traînée de plumes. K.O. le saisit sans ralentir son galop, comme un joueur de polo se penche pour frapper une balle. Puis il s'assit devant le quidam en ouvrant légèrement la gueule. Celui-ci prit l'oiseau et remercia d'une caresse. Un grand capucin déroula alors ses longues pattes dans une luzerne haute sans rien laisser d'autre aux coups de fusil qu'une touffe de poils. K.O. le suivit un moment des yeux, mais ne bougea pas. C'était un chien bien élevé. Il rapporta encore trois perdreaux, dont un démonté qu'il alla chercher au diable.

En fin de traque, on fit le tableau partiel, quatre lignes de dix perdreaux, une ligne plus courte de trois oiseaux et dessous deux cailles, un ramier, et enfin quatorze rouquins qui finiraient en terrines. L'invité demanda, en désignant K.O. couché devant le gibier :

– À qui peut bien être ce chien qui ne m'a pas quitté de la battue ?

On s'interrogea. On refit le compte. Il y avait bien un chien de plus que ceux qui figuraient au départ de la chasse. C'est alors qu'un rabatteur, conducteur de tracteur de son état et cousin de la personne en charge des fourneaux de la maîtresse de notre labrador, le reconnut. L'hôte s'en souvint également. Il expliqua que son voisin, pour des raisons incompréhensibles, avait décidé de mettre un terme à sa carrière cynégétique. Lui qui avait chassé furieusement pendant trente ans, n'avait même pas pris de permis cette saison.

– On lui téléphonera en rentrant à la ferme.

On fit encore deux traques. K.O. suivit son parisien qui n'en revenait pas d'avoir à ses côtés un auxiliaire discipliné, lui qui avait renoncé au genre canin après une expérience désastreuse débutée avec un setter fou d'espace, poursuivie avec un épagneul cabochard et définitivement arrêtée avec un braque bon pour l'asile. Et l'on revint dans la cour de l'exploitation pour, au coffre des voitures, échanger les bottes pour des chaussures basses et commenter un moment le tableau aligné sur les pavés, avant de passer à l'apéritif. Une bonne demi-heure s'écoula avant que le propriétaire des lieux ne pensât à passer un coup de fil à son ami. Lorsqu'il l'eut en ligne, son correspondant le remercia et lui dit :

Ne t'inquiète pas, K.O. vient de rentrer. Je ne suis pas étonné qu'il ait été sur vos talons, cela fait deux jours qu'il tourne en rond comme un malheureux.

Après cette première tentative plutôt réussie, K.O. prit l'habitude de rejoindre les chasseurs dès qu'il entendait une détonation. Plus étonnant, il ralliait même des territoires hors de portée de l'ouïe ordinaire d'un cabot. À croire qu'il avait mémorisé tous les endroits où chassait encore son maître les années précédentes, ainsi que les dates auxquelles avaient lieu les battues. Dans le cercle restreint des chasseurs, la nouvelle se répandit. Au sortir des déjeuners, alors qu'ils s'équipaient pour gagner la plaine, on entendait parfois :

– K.O. est-il arrivé ?

Ou lorsqu'un oiseau était perdu, pourtant recherché par trois chiens de réputation :

– Dommage que K.O. ne soit pas venu !

À BOUT PORTANT

On ne s'alarmera jamais assez de la maladie cérébrale qui affecte le pouvoir d'appréciation des distances. Elle frappe, et parfois lorsqu'ils sont très jeunes encore, une majorité de chasseurs sans que l'on sache s'il s'agit d'une malformation du cerveau ou d'un virus contracté avec le premier permis.

Chez ceux qui en sont affectés, le mètre ne mesure que cinquante centimètres, parfois moins. En phase terminale il arrive même que le malade confonde le mètre étalon avec la longueur du pas ordinaire d'un centenaire. De récentes études ont démontré que l'enjambée moyenne d'un Nemrod de comptoir ne pouvait en aucun cas excéder trente centimètres. Il faut donc diviser par trois les distances auxquelles il prétend tuer son gibier si l'on veut apprécier précisément la portée utile de son fusil. Au sein de la communauté scientifique, de plus en plus nombreux sont d'ailleurs les chercheurs qui défendent la théorie selon laquelle tous les capucins tirés à quarante mètres le seraient à bout portant.

Les chasseurs de lièvres furent en effet les premières victimes de cette maladie dès la fin du XIXe siècle, principalement dans les chasses banales, et alors qu'ils disposaient depuis peu d'armes et de munitions performantes. À la même époque Jules Gérard se frottait aux derniers lions d'Algérie et inspirait à Alphonse Daudet le personnage de Tartarin. Faut-il voir dans la simultanéité de ces deux phénomènes, le premier d'ordre technologique et le second d'inspiration littéraire, l'origine du mal qui depuis fait des ravages dans la communauté cynégétique ? Toujours est-il que les distances auxquelles ces chasseurs prétendent tuer nos léporidés sont aussi proches de la vérité que le sont de leur réalisation les promesses électorales.

Pour la plupart d'entre eux un coup de fusil ne vaut que s'il a été réalisé « à toute distance », terme qu'ils paraissent avoir inventé pour magnifier un tir « hors de portée ». Si donc des canards, des faisans, des bécassines ou que sais-je encore sont à toute distance, c'est qu'ils sont en bonne logique hors de portée et qu'il est impossible de leur faire prendre le chemin du carnier. Eh bien pas du tout ! Car le nombre des gibiers divers tirés et tués à « toute distance » qui figurent au tableau des réunions dominicales est absolument phénoménal. À l'heure de l'apéritif une moitié au moins des pièces alignées, certaines d'entre elles séchées à quatre-vingts pas et plus, prouve s'il en était encore besoin que la balistique est une science dont on ne maîtrise pas tous les paramètres. À moins que ligués pour d'obscures raisons dont nous ne débattrons pas ici, journalistes spécialisés, armuriers et fabricants nous mentent sur les performances réelles de nos armes et de nos munitions, qu'ils minimisent. Comme est minimisée dans tous les guides touristiques la hauteur de l'Arc de triomphe. Si elle n'était que de quarante-neuf mètres, les pigeons qui s'envolent de sa terrasse seraient à portée des Tartarins dominicaux.

Or je ne connais personne, même parmi les rois du coup de longueur, qui lèverait le fusil sur des oiseaux croisant à une telle altitude, tant ils paraissent minuscules dans le ciel.

CHASSEZ L'OURS EN 4x4. ET DÉPÊCHEZ-VOUS !

Combien y-a-t-il d'ours dans nos Pyrénées ? N'ayant jamais rencontré un homme ayant vu un homme qui aurait vu un ours, je n'en sais rien.

Je gage qu'il n'en reste pas lourd de nos immigrés slovaques à un million l'unité. Leur réintroduction n'est pas facile, c'est le moins qu'on puisse dire. Elle le sera moins encore avec l'arrêté préfectoral pris en Ariège stipulant l'interdiction des battues de sangliers au prétexte qu'elles pourraient avoir lieu dans des zones où pourraient croiser nos couteux plantigrades. Sans doute de peur que se renouvelle l'accident qui a coûté la vie à Cannelle, dernière ourse de souche pyrénéenne tuée par un chasseur qui aurait paniqué en présence du fauve.

Une fois encore est appliqué le sacro-saint principe de précaution. Peu importe que le remède soit pire que le mal. Les ours avaient contre eux les éleveurs. Ils auront désormais les chasseurs et les agriculteurs. Les chasseurs parce qu'ils ne peuvent plus chasser, les agriculteurs parce qu'ils auront à subir des dégâts dont on peut prévoir l'augmentation puisque les populations de sangliers ne seront plus régulées : autrement qu'en battue, on voit mal comment effectuer des prélèvements efficaces.

Pour aller jusqu'au bout de la logique administrative le préfet devrait interdire aux promeneurs de se promener, aux randonneurs de randonner, aux cueilleurs de cueillir et aux ramasseurs de ramasser afin d'assurer la tranquillité des trois ou quatre ours dont on suppose la présence dans le département. Il devrait aussi réduire de manière drastique la circulation automobile car les sujets en provenance des pays de l'Est montrent une fâcheuse tendance à traverser les routes sans regarder, ce qui a valu à l'un d'eux de se retrouver sur le capot d'une bagnole. Il est vrai qu'en Slovaquie les voitures roulent moins vite.

Le conducteur incriminé a conservé son permis au grand dam des associations écologiques, le législateur ayant oublié de prévoir dans la rédaction des textes le retrait de douze points en cas de collision avec un plantigrade.

On sait donc maintenant qu'il est plus économique de chasser l'ours en 4x4 plutôt qu'à la carabine. Aucune taxe d'abattage n'est prévue dans le premier cas alors que dans le second elle vient d'être fixée à onze mille euros par le tribunal. Certes on peut trouver moins cher à l'étranger, au Kamchatka ou dans les Carpates, mais pour être allé plusieurs fois dans ces régions, je suis en mesure de vous assurer qu'on y mange moins bien que dans le Béarn. C'est à considérer.

Ne tardez pas pour autant. Il n'y aura bientôt plus un seul ours dans les Pyrénées : lorsqu'ils ne croisent pas le chemin d'un chasseur, d'un berger ou d'un fou du volant, voilà qu'ils se suicident en se jetant du haut des falaises. Sans doute le stress lié au peu de considération dont on les entoure, au mal du pays et aux délocalisations brutales.

Si le syndrome de France Télécom gagne même les espèces en voie de disparition, nous sommes foutus !

DEUX DEVANT, DEUX DERRIERE

Les grands fusils existaient et c'est dans les battues de perdreaux gris qu'ils forgeaient leur réputation. Leur race s'est éteinte avec la disparition du gibier naturel. Les Beaumont et les Tudert, avant eux les Clary ou les Quélen n'ont pas laissé d'héritiers.

Ce n'est pas qu'aujourd'hui les gens soient moins doués, ou qu'ils tirent moins de cartouches, et certainement pas parce que leurs armes et leurs munitions sont moins performantes. C'est tout simplement que pour l'essentiel ils ne tirent plus que des oiseaux d'élevage, si bien que lorsque le hasard leur offre le dernier oiseau naturel du canton, ils le manquent de trois bons mètres derrière.

Au début des années soixante j'ai eu l'occasion de côtoyer quelques grands fusils dans de belles chasses de Beauce où ils venaient avec leur chargeur. Ils tiraient remarquablement bien, mais pas tout à fait aussi bien que ne le laissait supposer les réputations qui les précédaient. Les réputations sont toujours très exagérées, elles sont comme l'invincibilité des armées.

Leurs doublés étaient réguliers, parfois ils tuaient un troisième oiseau de leur deuxième fusil, mais jamais je ne vis au cours de ces années l'un d'eux tuer dans une compagnie deux perdreaux devant et deux autres derrière, du moins dans une compagnie d'oiseaux groupés venant du fond de la plaine. Bien sûr lorsque deux compagnies se succédaient d'assez près, ils leur arrivaient de faire deux doublés d'affilée.

Ils pouvaient aussi choisir de tirer si l'occasion se présentait, deux perdreaux dont les trajectoires se croisaient, pour un coup double qu'ils répétaient parfois, et ainsi ramasser quatre victimes dans un vol.

Un jour de décembre et de vent très fort, je vis l'un de ces sabres tirer quatre compagnies qui lui passèrent en travers, à une bonne quarantaine de mètres. Au même poste il tua quatorze oiseaux avec huit cartouches, deux et deux, un et deux, deux et deux, deux et un. À son crédit quatre superbes doublés successifs que ni vous ni moi, moi en tout cas, n'aurions pu faire, mais pour le reste une grande part de chance. Il tirait ce jour-là avec un seul fusil, mais compte tenu de la distance à laquelle passaient les oiseaux, il n'aurait pas eu de toute façon le temps d'en utiliser un second.

Supposons que les compagnies lui soient arrivées droit dessus. Supposons que ce jour-là, le vent ait été moins violent et qu'au lieu de filer à trente mètres/seconde, soit cent huit kilomètres/heure, elles se soient contentées comme sur une Nationale d'un honnête quatre-vingt-dix, ce qui représente vingt cinq mètres/seconde tout de même. Sachant que la portée efficace d'un fusil est de quarante mètres, la plage de tir est du double soit quatre-vingt mètres, quarante devant, autant derrière. Ajoutons-y une dizaine de mètres qui représentent la distance séparant le premier oiseau du dernier et nous aurons une plage de tir égale à quatre-vingt-dix mètres. Notre homme est un très grand fusil soit. Il fait partie des rares personnes qui savent attaquer devant sans bloquer leur swing et lâcher leur premier coup à la distance idéale : pas à cinquante mètres, ce qui serait trop tôt, mais surtout pas à trente-cinq mètres, ce qui serait beaucoup trop tard. Une affaire de dixième de seconde. Sans repère et sur une plaine nue, cela tient déjà du prodige. Le premier perdreau tué, il doit en prendre un second, ne pas le manquer bien entendu, changer de fusil, se retourner et tuer derrière lui un troisième et un quatrième oiseau. Le tout en trois secondes et cinq dixièmes. C'est tout simplement impossible.

Cela n'a d'ailleurs aucune importance. Sauf qu'il y aura toujours un zozo d'après chasse pour citer un territoire célèbre où il n'a jamais posé ses bottes et dire d'un air entendu : *« À la Toine j'ai très bien connu Lamazière. Dans chaque compagnie, il tuait deux perdreaux devant et deux autres derrière ».*

NUL COMME JOB

On lui avait donné ce nom parce que c'était l'année des J et qu'avec des origines pareilles, père et mère champion de travail, il ferait du bon boulot.

La petite boule noire devint un superbe labrador. Au dressage, il montra toutes les qualités que l'on attendait de lui : passionné et rapide, mais cependant attentif et calme, très bon marking et excellent rappel.

On eut bien quelques doutes au cours de sa première sortie. Il ne retrouva pas trois oiseaux démontés alors qu'il les avait vu tomber et qu'il était arrivé aux points de chute dans les cinq secondes qui avaient suivi. Manque d'expérience peut-être. Mais on eut très vite la confirmation que ce chien avait toutes les qualités, sauf une : le nez.

À ce point, ce n'était plus une tare mais une curiosité. Il était incapable de sentir à dix centimètres un perdreau sous des feuilles de betteraves. Il n'aurait pas senti non plus un putois enfermé dans son chenil.

Au cours des deux saisons qui suivirent, je continuai pourtant de l'emmener à la chasse. Job était adorable, joyeux et sage comme un bon point et je détestais chasser sans chien.

C'est alors que je fis la connaissance de l'un des gardes d'un grand domaine appartenant à une célèbre famille de financiers. À l'époque on y donnait encore de fastueux tirés où se côtoyaient banquiers et politiques. Les battues y étaient organisées à l'anglaise, la ligne des fusils toujours en plaine et jamais à moins de cent cinquante mètres du bois afin de faire monter les oiseaux. Les faisans décrochés du ciel tombaient donc sur un sol aussi ras que les greens de Saint Andrew. Le garde était sympathique, aimait les chiens, avait une ribambelle de gosses et mon chien aimait les gosses.

Comme il faisait office de chargeur lors des battues, je lui fis une proposition. Je lui prêterai Job à condition de pouvoir passer le voir de temps à autre.

C'est ainsi que Job passa subitement du statut mérité de "bon à rien" à celui de star. Il rapporta des centaines de faisans tués par les plus hauts dignitaires de la Nation, notamment ceux d'un président de la République qui ne voulut plus d'autre chargeur que le nouveau maître de Job pour lui passer son deuxième fusil. Il les rapportait au grand galop au retour comme à l'aller, s'asseyait en fin de course et déposait l'oiseau dans la main avant de repartir aussitôt chercher les suivants, dans l'ordre. Démonstrations parfaites qui lui valurent une réputation telle que parfois elle me revenait aux oreilles, portée par un quidam à qui je ne disais pas bien entendu que l'extraordinaire retriever dont il vantait les exploits, était un chien dont j'avais dû me séparer car il ne valait pas un clou.

En fait il valait de l'or. L'année suivante, alors que je passai prendre de ses nouvelles, le garde me fit entrer dans la nouvelle maison qu'il occupait sur la propriété, beaucoup plus spacieuse que l'ancienne. Il était désormais chef garde.

CHIEN MÉCANIQUE

À la fin des années cinquante le père d'un de mes copains avait acheté en Tchécoslovaquie pour le prix d'une voiture de l'époque, le braque allemand qui avait gagné tous les concours au-delà du rideau de fer. Ce chien-là était un champion de l'arrêt, un as du rapport et un caïd de la recherche au sang.

Fruit d'une impitoyable sélection et de deux ans de dressage intensif il devait lui être expédié dans sa boîte à la gare la plus proche. En l'absence de son nouveau maître, son fils et moi avions été chargés de sa réception. Bien entendu nous n'attendîmes point le retour du patron pour tester sur sa plaine, riche en lièvres et perdreaux, les aptitudes du cabot. Le jour-même de sa livraison nous vit arpenter chaumes et betteraves avec la fougue de nos dix-huit ans, fusil à la saignée du bras, sifflet aux lèvres et mode d'emploi dans la poche du gilet.

L'animal avait été livré avec sifflet et notice traduite en français de manière approximative, tout comme le sont aujourd'hui, avec leurs accessoires, les appareils électroniques *made in Taiwan*. Il faut dire que tout était réglable chez ce chien-là : l'amplitude de la quête, la vitesse à laquelle il l'effectuait, le rapport, le down, la marche aux pieds, bref il suffisait de le programmer de façon adéquate pour qu'il exécute toutes sortes de circonvolutions cynégétiques. Seule différence avec un ordinateur, les commandes s'effectuaient au sifflet. Par exemple il pouvait, sur ordre, courir derrière un lièvre levé trop loin pour être tiré et lui couper la route pour le ramener à portée du chasseur. Lancé au train du capucin à la vitesse d'un TGV, un coup bref et violent suffisait à briser son élan et à le plaquer au sol, permettant le tir de l'oreillard en toute sécurité.

Hélas, il en va des chiens les mieux dressés comme des logiciels les plus sophistiqués : ils ne sont jamais à l'abri d'un bug. Au cours des semaines qui suivirent cet essai plus que concluant, son nouveau maître ne sut pas jouer du sifflet comme il eut fallu en jouer. Ou peut-être avait-il tout simplement perdu le mode d'emploi. Rappelons-nous qu'à l'époque les *hot line* n'existaient pas et que joindre la Tchécoslovaquie par téléphone relevait de l'impossible.

Quant aux mauvaises fréquentations qu'eut notre champion au cours de chasses diverses avec des cabots d'éducation déplorable, ils contribuèrent très certainement à accélérer le désastre. Toujours est-il qu'il fallut moins de deux mois pour réduire à néant deux années de dressage.

Certes notre athlète courrait toujours après les lièvres, et de mieux en mieux, sans qu'il soit nécessaire de lui en donner l'ordre. Pour le reste il bourrait dans les compagnies qu'il faisait s'envoler comme des volées de moineaux, ne rapportait plus qu'en prenant sa part sur le gibier qu'il déchiquetait et partait aux champignons si d'aventure on le mettait sur la voie d'un chevreuil blessé.

Né et élevé sous le régime communiste, il goûtait désormais aux délices de la liberté et au confort de la société capitaliste.

LE PASSAGER DE MOULAY BOUSSELHAM

À la fin des années cinquante, je fis la connaissance du fondateur de l'une des premières agences de chasse à l'étranger. Bien que je fusse très jeune encore il me demanda d'aller au Maroc reconnaître un territoire à bécassines. Rendez-vous avait été pris par ses soins avec un Belge résidant sur place dans un petit village de la côte Atlantique, Moulay Bousselham.

Il fallait partir dès le lendemain car son frère, pilote professionnel, décollait justement de Reims pour Rabat où il devait convoyer un avion. Autant profiter de l'occasion.

Heureux qui comme Ulysse va faire un beau voyage je pris ma 2cv et filai dare-dare en Champagne où se trouvait la propriété familiale. Là je fus reçu par une bonne pliée comme le coude d'un robinet qui m'expliqua que son patron était au golf et tirait des corbeaux. Je pris le chemin du golf. À proximité du club house, un donjon en ruine abritait une colonie de corneilles qui faisaient les frais de la pétarade déclenchée par une demi-douzaine de bonhommes en pantalons de golf. On me tendit un fusil, je tuai trois ou quatre des derniers volatiles échappés de la tour et nous gagnâmes le bar. C'est là que fut décidé de terminer la soirée chez mon aviateur autour d'une omelette arrosée des champagnes dont ils étaient pour la plupart producteurs.

À quatre heures du matin et le dernier invité parti, nous eûmes une conversation comme seule peut en avoir une paire de nouveaux amis avec la dégustation d'un nombre considérable de millésimes. Après que nous eûmes doctement déclaré que le 47 était supérieur au 56, surtout en rosé, vint le moment de comparer les mérites balistiques du 9,3 x 64 et du 375 HH. J'avais une préférence pour le 9,3 x 64, contrairement à lui qui ne jurait que par le 375, à la puissance d'arrêt qu'il prétendait supérieure et dont la précision aux grandes distances était, du moins il n'en démordait pas, sans égale. Il savait de quoi il parlait puisqu'il avait une carabine Holland de ce calibre dans son râtelier. Il allait d'ailleurs m'en faire la démonstration sur le champ et régler son compte une bonne fois pour toutes à un coq avec lequel il avait un contentieux depuis son enfance. Un coq à la 375, je demandai à voir.

Allez savoir pourquoi mais le coq en tôle offert par son grand-père à la paroisse en remplacement de celui qu'un obus allemand avait fait voler en 17, l'énervait prodigieusement. Peut-être parce que son grand-père avait construit en 1920 une horreur de grande bâtisse en remplacement du château Louis XIII qui avait brûlé. Cet homme avait la manie de remplacer les choses et les remplaçait mal. Son petit-fils se sentait vocation à réparer ses erreurs. À la libération, il avait d'ailleurs rayé du paysage le délire architectural de l'aïeul, après l'avoir vidé de ses meubles. Vaste opération dont on parle encore en Champagne, menée à la fin de la guerre entre printemps et automne par tous les fils de famille de la région, nourris et abreuvés le temps du massacre, pourvu qu'ils cassent la baraque.

Le moment était donc venu d'éliminer le coq qui le narguait depuis le haut du clocher et dont on apercevait la silhouette éclairée par la lune, au- delà des communs dont il avait fait sa demeure. Jusqu'à présent les quelques balles de 22 long expédiées à la girouette les soirs de déprime n'avaient fait que ricocher sur la ferraille. Cette fois les choses étaient sérieuses et l'honneur de la 375 en jeu. Il fallait tirer l'oiseau à sa base depuis la fenêtre du salon. Mauvais réglage de la lunette ou encore cible mal éclairée par un astre palissant, toujours est-il qu'avec le coq disparut le dernier mètre du clocher. À défaut de précision, la 375 ne manquait pas de puissance.

Son utilisateur, à moitié satisfait de sa prestation, décida qu'il était temps d'aller se coucher. Il ferait à son retour le nécessaire pour que le clocher de l'église retrouve une tête, et offrirait au curé un gallinacé moins arrogant.

Courte nuit. Deux heures plus tard nous étions sur le tarmac, moi dans l'avion, un Beach 18 aménagé affaire, lui à la tour de contrôle pour son plan de vol. Je finis par sombrer dans le sommeil pour me réveiller une bonne heure plus tard, sans personne aux commandes. Le commandant lisait un roman policier. De temps à autre il allait tripatouiller trois boutons dans le cockpit, changeait de cap, revenait s'asseoir sur un des sièges arrière, et reprenait sa lecture.

À Rabat nous nous séparâmes. Je louai une voiture, consultai une carte et prit la route. À la sortie de Port Lyautey, aujourd'hui Kenitra, je cherchai vainement un panneau m'indiquant le chemin de Moulay Bousselham.

C'est alors que j'aperçus marchant seul sur le bord de la route un homme vêtu à l'européenne. En baissant la vitre côté droit de la voiture, c'était une Simca 1000, je m'arrêtai à sa hauteur et m'enquis de la direction à prendre : Moulay Bousselham ? Sans répondre, il ouvrit la portière, s'assit à côté de moi et de la main me fit le signe *droit devant.* Je démarrai en lui jetant un coup d'œil. Il portait un costume gris élimé, avait le nez busqué, le teint et les dents jaunes. Pour tout dire il avait une sale gueule, du genre à vous faire un mauvais sort au premier arrêt. Je n'en menais pas large. Ce fut carrément la panique lorsqu'il se mit à hurler, à peine avions-nous parcouru trois kilomètres. Je ne comprenais pas un mot de ses invectives. J'accélérai.

C'était ma seule planche de salut : mieux valait partir en tonneaux que de se faire saigner comme un lapin. Jamais une Simca 1000 ne fut conduite aussi vite, même par Deschaseaux qui gagna deux fois le rallye du Maroc. Jamais un Loeb ou un Mäkinen n'eurent un copilote gueulant ses notes aussi fort, et certainement pas dans la langue de Mahomet. Jamais une spéciale ne fut aussi longue, près de soixante kilomètres, deux tiers asphalte, un tiers terre. Jamais autant d'ânes, de poulets et de chiens n'échappèrent à la mort. Jamais on ne vit autant de gosses applaudir un passage pareil, même sur le Paris-Dakar.

Moulay Bousselham est un cul-de-sac. La place du village surplombe l'Atlantique qui défile ses rouleaux cinquante mètres plus bas. Roues bloquées, je m'arrêtai au ras d'une douzaine de "burnous" qui palabraient en cercle, assis en tailleur. Mon assassin s'éjecta de la voiture aussi vite qu'un copilote pour faire tamponner son carnet au contrôle d'un rallye-raid. J'embrayai dans un nuage de sable, portière ouverte et demi-tour au frein à main. Trois minutes plus tard j'étais devant la maison de mon hôte qui m'offrit à déjeuner. Je lui racontai mon histoire à laquelle il ne comprit rien. Nous mangeâmes du homard qui coûtait deux francs, goûteux comme une demoiselle de Cherbourg. Après le café nous prîmes son 4x4 pour visiter les marais à bécassines qui bordent la Merdza. En passant par la place du village je lui désignai mon passager qui s'agitait toujours au "centre de burnous" dont le nombre avait considérablement augmenté. Ils opinaient gravement de la capuche, comme en signe de compassion. Je demandai à mon Belge de filer, au lieu de quoi il arrêta sa voiture et rejoignit l'attroupement. À son arrivée, ma victime se retourna et me vit dans la voiture. Il tendit le doigt et se mit à vociférer comme s'il prêchait le jihad. Je vis alors que mon Belge pleurait de rire et pissait plus de larmes que le Manneken-pis dans son bassin. En remontant en voiture, il hoquetait encore comme un coucou détraqué et pouvait à peine passer les vitesses. Il fallut attendre les premiers douars et leurs haies de figuiers de Barbarie pour qu'il pût enfin s'expliquer.

J'avais pris en stop un brave paysan qui s'en était allé en ville pour une démarche administrative. En revêtant un costume dont il avait hérité d'un cousin, il avait espéré impressionner le fonctionnaire qui l'avait convoqué. Il s'en revenait tranquillement chez lui lorsque je m'étais arrêté à sa hauteur. Il lui restait cinq kilomètres à marcher. À l'intersection menant à son village il m'avait demandé poliment de stopper. Alors j'avais subitement accéléré comme un furieux, et voilà qu'il se retrouvait à des kilomètres de chez lui, emmené là par un fou qui conduisait comme un malade. Qui trairait les chèvres et préviendrait ses femmes ? Qui le ramènerait chez lui ?

Pour rentrer, il n'y avait qu'un car par semaine, passé la veille. La proposition que lui fit mon belge, revenir avec moi le soir même, n'eut pas, on s'en doute, l'effet escompté. On vit même une vague d'indignation agiter les capuches.

Je suis retourné bien souvent chasser la bécassine à Moulay Bousselham. De la terrasse du petit hôtel qui domine l'océan, j'ai guetté le retour des pêcheurs et des homards bleus. En sortant de Kenitra, je n'ai jamais manqué de regarder si par hasard un paysan en costume gris ne marchait pas sur le bord de la route.

J'aurais tant aimé le prendre en stop et le déposer doucement dans son village.

ACHETEZ DU SANGLIER !

La bourse baisse. Les sangliers augmentent. Nos économies fondent au CAC 40 et l'argent des chasseurs au remboursement des dégâts. Que fait le président de la République ? N'est-il pas temps de réunir le G20 des départements les plus touchés par la boulimie des bêtes noires ?

Un sommet s'impose. Il faut trouver une quarantaine de millions : une misère comparée aux milliards garantis aux banques, une peccadille d'à peine le montant d'un parachute doré pour dirigeant de groupe en faillite, pas même ce que perd en dix minutes un trader un peu doué. Seulement voilà : les chasseurs ne sont pas pris au sérieux. Comment pourrait-il en être autrement ? Voyez la futilité de leurs rêves, la petitesse de leurs ambitions : marcher en forêt, caresser leur chien, partager entre amis une gigue de chevreuil, boire un vin de pays. Regardez leurs bagnoles : de vieilles caisses boueuses griffées par les ronces. Pas un qui roule en Porsche au prétexte que ça passe mal dans les ornières. Cette manie aussi d'emprunter les chemins défoncés ! Et leurs baraques : souvent perdues au milieu de rien, ville la plus proche à des kilomètres. Sans parler de la façon dont ils s'attifent : pantalons à trois balles, godasses à chier, de vrais culs-terreux. Quant à leurs femmes, alors là c'est le pompon : pour la plupart, des prix à réclamer qui passent la moitié de leur vie en cuisine. À croire que les trois étoiles sont pour les chiens et les putes de luxe réservées aux archevêques.

Nous sommes au XXIe siècle que diable ! Qu'il existe encore en France un bon million d'attardés qui occupent le clair de leurs week-ends à s'embourber la botte sur des chemins impossibles alors qu'ils pourraient se lustrer le mocassin sur des greens impeccables, n'est-ce pas la preuve que les chasseurs ont le ciboulot en vadrouille ? Savent-ils seulement qu'aujourd'hui, pour s'assurer les bonnes grâces des médias et des politiques, il est indispensable de porter beau la Rolex, essentiel d'afficher sa gonzesse en Prada, fondamental de bien comprendre que la religion qui mène au paradis fiscal, le seul dont on soit certain qu'il existe, c'est le pognon. Le vrai s'entend ! Car parler de millions n'intéresse plus personne. L'unité de mesure, c'est le milliard. Ah ! si les sangliers pouvaient provoquer des milliards de dégâts ! Alors là, chouchoutés les chasseurs. Tapis rouge chez Borlo, la nique aux écolos, Sarko sur le terrain, Clara dans les A.C.C.A. : tout faire pour empêcher les porteurs de carabine de déclencher une grève.

Cette grève, j'en rêve. Une dure, avec des piquets à l'orée des forêts, sans service minimum, reconductible de saison en saison. On verrait des sangliers partout, ruiner les cultures et raser les plantations, renverser les poubelles et charger les golden boys, traverser les routes en dehors des clous, culbuter les retraités et poursuivre les enfants des écoles. La pagaille, la vraie. D'autant que le sanglier, en matière de rendement, c'est du 30 % l'an assuré, un rêve pour gourous de la finance, que du nanan.

ENVOYEZ LA MUSIQUE !

Le bridge est un jeu d'annonces. La chasse du grand gibier en battue l'est également. À cette différence que contrairement au jeu de cartes, les conventions ne cessent de changer. Il est plus facile de signaler à son partenaire la possibilité d'un grand schelem que de savoir si les coups de trompe entendus dans la traque indiquent la présence d'un chevreuil, d'un cerf ou d'un sanglier.

Tel animal qui la veille valait quatre coups sur un territoire voisin est identifié aujourd'hui de cinq sonneries, plus ou moins longues ou brèves. Même punition lorsqu'il s'agit des débuts et des fins de traques qui n'obéissent jamais au même code. Une mémoire de cheval est nécessaire pour apprendre par cœur et en cinq minutes les feuillets dactylographiés qui sont remis à chacun des participants lors du rendez-vous. Et c'est sans compter avec l'âge qui rend la mémoire aussi volage qu'une jeune maîtresse. C'est alors les consignes qu'il faut consulter quand la battue va son plein. L'opération peut s'avérer compliquée : d'abord repérer la poche où on les a glissées, ce qui peut prendre trois à quatre minutes compte tenu du nombre incroyable de poches que comporte une veste de chasse. Puis déplier le document, ce qui fait un bruit épouvantable. Dans la foulée chercher ses lunettes et les chausser. Enfin s'assurer que l'animal signalé figure bien au plan de chasse et que les prélèvements autorisés ce jour-là n'ont pas été d'ores et déjà atteints. Ne reste plus à ce moment qu'à évaluer le sexe et le poids de la pièce de gibier en question, et si tous les voyants sont au vert, à lâcher enfin son coup de carabine. Fort heureusement il est rare de pouvoir mener toutes ces actions jusqu'à leur terme, ce qui explique pourquoi les erreurs de tir, sont tout compte fait, peu fréquentes. Dans quatre-vingt dix pour cent des cas en effet l'animal aura sauté la ligne avant même que vous n'ayez trouvé vos lunettes, ou il aura fait brutalement demi-tour à la vue des consignes du jour dépliées sous ses yeux et agitées par le vent comme autant de banderoles.

Le langage des trompes devrait être codifié, une fois pour toutes et sur l'ensemble de l'Hexagone. Entre le nombre de coups sonnés, courts, longs, tayautés ou non, répétés ou non, repris ou non, à destination des postés mais aussi des chiens pour les appuyer ou les rameuter, il y a de quoi y perdre son latin d'autant que le relief ou un vent contraire peuvent encore ajouter à la confusion. Il en va non seulement du respect du plan de chasse mais de la sécurité.

Quoi de plus dangereux qu'un chasseur qui quitte son poste, croyant sonnée la fin de battue ?

Pour l'instant la plus grande cacophonie règne au royaume des piboles. Comment s'étonner qu'il y ait des fausses notes dès lors que beaucoup des membres de l'orchestre ne connaissent pas la partition ?

DES LAPINS, COMME EN RÊVE

Un chasseur a été condamné par le tribunal d'instance d'Abbeville à verser des dommages et intérêts à deux agriculteurs au motif qu'ils n'avaient pas assez tué de lapins.

Voilà que le Jeannot refait des siennes, plus de cinquante ans après qu'un certain Armand Delille, médecin de son état et propriétaire de trois cents hectares en Eure-et-Loir, l'ait soigné à sa manière en inoculant au lagomorphe le virus de Sanarelli, autrement dit la myxomatose. Certes la potion fut efficace et beaucoup de cultivateurs reconnaissants, mais désolant le spectacle de ces années 1952-1953 où l'on pouvait voir sur tous les chemins de campagne des milliers de lapins se traîner lamentablement avant de crever, les yeux sortant de leurs orbites.

Un apprenti sorcier venait de tuer la chasse populaire française. Car le lapin en constituait la base, il était le gibier avec lequel on faisait ses premières armes, celui qui permettait de ne jamais rentrer bredouille, celui qui rendait accessible le plaisir de la chasse aux moins favorisés. Il était l'assurance des sorties dominicales, la providence du renard et le pain quotidien du *Raboliot.* Brave lapin si prolifique (une madame Jeannot ordinaire, c'est cinquante petits chaque année) qu'il fallait entretenir toute une armée de corniauds et de furets pour en venir à bout, lui opposer toutes sortes de bourses et de lacets, le chasser de jour et parfois même de nuit en voiture et aux phares, avouons-le aujourd'hui puisqu'il y a prescription.

J'ai le souvenir d'une propriété appartenant à des amis de mes parents où il s'en tuait dix mille par an. Gamins, nous n'y allions jamais déjeuner sans emporter nos carabines 12 ou 14 mm. Sitôt le dessert avalé nous suivions le garde qui nous postait au pied d'un talus miné de terriers innombrables que parcouraient trois ou quatre furets sanguinaires. Il fallait voir comment les garennes giclaient du sol, les petits nuages de poussière que soulevaient leurs pattes, la vitesse avec laquelle ils disparaissaient, avalés par l'une ou l'autre des entrées de leur domaine souterrain. Ça vous donnait le coup de fusil sûr et rapide, et vous rendait malade d'excitation. Ça vous apprenait aussi la patience, quand le coco de service faisait la sieste au fond du trou comme un vulgaire putois, repus du sang de son adversaire.

Sans verser dans la nostalgie, réjouissons-nous de la réapparition du lapin ici ou là. D'autant que lorsque l'on commence à parler de dégâts, c'est plutôt bon signe pour la santé des espèces concernées. Il faut espérer le retour du lapin, souhaiter qu'au fil des générations il résiste mieux à la myxomatose et lui permettre de coloniser à nouveau les régions d'où il a totalement disparu. Pour les ravages qu'il est susceptible de commettre aux récoltes, nous verrons bien.

Sous réserve de disposer d'une législation adaptée, on voit mal pourquoi les chasseurs d'aujourd'hui ne seraient plus capables, comme l'étaient leurs grands-parents jusqu'au milieu du siècle dernier, de réguler le plus sympathique des petits gibiers qui soit.

COQ AU CHANT

Assis sur un tas de bûches, buvant à petites gorgées dans une tasse en fer blanc un thé bouillant, le dos tourné aux escarbilles que projetait le feu, je sentais peu à peu la chaleur reprendre ses droits sur le froid qui m'avait paralysé sous la tente.

À mes pieds, Nicolas s'affairait avec une bande de tissu qu'il tentait d'enrouler autour de mes chevilles. Nous avions pris nos habitudes : il me réveillait à deux heures, j'enfilais tant bien que mal mes vêtements en m'éclairant d'une lampe torche pour gagner aussitôt le monticule incandescent des bûches. Le thé était prêt, le rite des bottes pouvait commencer. Elles étaient énormes ces cuissardes, de caoutchouc rigide et noir, du 46 au bas mot, comme faites pour Pierre le Grand. Mais il me fallait cet accessoire oublié à Paris pour suivre Nicolas dans la taïga spongieuse vers le grand tétras convoité, et qu'il me bandât les pieds pour ne pas déchausser au premier pas.

Ce matin-là quelque chose ne tournait pas rond. Entre deux hoquets Nicolas avait ficelé les molletières à la va-comme-je-te-pousse. Mal assuré dans mes bottes de sept lieues, je marchais comme un canard à la surface d'un étang gelé. Quant à Nicolas il avançait dans la nuit épaisse en s'étalant tous les vingt mètres. Je me souvins que la veille des visiteurs montés du village avaient apporté une caisse de vodka. Quand on est gros comme un coucou, russe ou pas, on ne boit pas comme un Polonais. Après une heure d'errance à boîter derrière mon ivrogne, je réussis à me traîner jusqu'à un tronc d'arbre couché là par vieillerie pour y attendre le lever du soleil, pendant qu'à mes pieds Nicolas rendait tripes et boyaux. Qui pourra douter désormais de l'incomparable poésie qui se dégage de la taïga au petit matin lorsqu'on vous dégueule sur les bottes ? Et pourtant !

Miracle de la naissance du jour célébré par le miracle du chant : à trois cents mètres, peut-être moins, un grand coq lançait son invite d'amour. *Tec-tec*, comme un pivert géant qui pulvériserait l'écorce, puis une sorte de gloussement, extase pendant laquelle il ne voit ni entend, suivi d'un long moment de silence, sans doute nécessaire au recouvrement de ses forces après l'intensité d'un appel épuisant.

Impossible d'approcher un grand tétras hors la phase de son chant pendant laquelle il devient sourd et aveugle. Pour avoir manqué trois approches les jours précédents, je savais à qui j'avais à faire. Reposez-le pied sur le sol un dixième de seconde après qu'il ait cessé son glouglou et vous entendrez un fracas d'ailes qui vous laissera tout benêt. Sans expérience, un professeur, à jeun de préférence, est indispensable.

Nicolas me prit le bras pour imprimer la marche à suivre. Une pression pour avancer, en courant si possible, une pression pour stopper brutalement en se figeant dans la position où vous surprend l'arrêt du chant. Mais il me fallait le soutenir à chacun des départs et le stabiliser dans les périodes où nous devions être immobiles. Il titubait comme sous un tremblement de terre et manquait de s'étaler à chaque enjambée.

Dieu existe. Du moins il existe un Dieu pour les Russes ayant abusé de vodka et chassant le grand tétras, car après une demi-heure de cheminement d'ivrognes, nous parvînmes au pied du sapin où chantait notre coq. Sans le voir. Nous dûmes, souffle coupé, reculer pour en faire deux fois le tour, à pas de danseuse étoile, avant de le voir perché sur la plus haute branche. Et reculer encore un peu pour pouvoir le tirer.

Au coup de carabine, Nicolas tomba genoux à terre, avant même que le coq, rebondissant de branche en branche, n'ait atteint le sol. Il se releva, prit mon arme qu'il embrassa, puis se jeta dans mes bras et m'étreignit longuement. Enfin il alla chercher le grand coq et d'une rude marche oscillante se dirigea vers le camp qui n'était qu'à vingt minutes, fier comme un stakhanoviste à la parade du 1er Mai.

LE DOUBLÉ

Faire un doublé consiste à tuer coup sur coup deux pièces de gibier en tirant successivement deux cartouches sans désépauler. Ainsi le fait de tuer deux pièces de gibier avec la même munition n'est pas un doublé, mais un coup double, plutôt dû au hasard d'oiseaux volant très près les uns des autres, ou à celui de grands animaux défilant côte à côte et se retrouvant au moment du tir sur la trajectoire de la balle.

Faire un doublé, c'est être adroit, réussir un coup double, voire triple ou quadruple, c'est être chanceux. Le doublé, le seul, le vrai, celui dont on ne peut qu'admirer l'élégance et l'efficacité casse net deux oiseaux choisis dans un vol, boule deux lapins jaillissant d'un roncier ou couche deux sangliers tirés au rembucher d'un layon.

Réussir un doublé est toujours motif de fierté. Pourtant, comparer un doublé de bons gros faisans aux ailes ankylosées par le transport de la volière à la battue, à celui d'une paire de bécassine dans la tourmente d'une tempête hivernale, serait ne pas savoir distinguer un top modèle d'une refaite au scalpel. Car aux doublés, selon les gibiers et des circonstances, s'attachent des mérites bien différents, au point que chaque chasseur garde précieusement tout au long de sa vie le souvenir de certains d'entre eux. De l'un on se souviendra qu'il a été réalisé sous les yeux d'une bonne dizaine de personnes lors d'une battue. Doublé vanité peut-être, mais bien agréable quand même. D'un autre on gardera en mémoire le film au ralenti de l'envol presque simultané de deux bécasses devant le setter statufié, parce que ce doublé-là est rare, pour ne pas dire rarissime dans la vie d'un chasseur. Pour ma part je ne l'ai jamais fait mais il me revient à l'esprit que l'occasion m'a été donnée une fois de le réussir et ce doublé manqué demeure comme une cicatrice.

À l'époque ce doublé de dames au long bec, à la condition de le réaliser à l'arrêt du chien et sous réserve de sa certification par deux témoins, était d'ailleurs récompensé par une marque de liqueur. Autre temps où les chasseurs étaient gratifiés pour leurs exploits. Aujourd'hui plus aucune marque ne voudrait s'associer à leur image.

Il y a aussi des doublés insolites comme celui dont j'ai été le spectateur dans une steppe d'Asie centrale. Accompagné d'un garde fripé comme un parchemin et fier possesseur d'une escopette à chiens extérieurs branlante comme un marteau piqueur, nous marchions le long d'un minuscule ruisseau qui coulait au pied d'une paroi rocheuse. Du mince rideau de joncs qui le bordait de part et d'autre je vis sortir au loin et au galop ce que j'aurais pris pour un gros chien si la balade avait eu lieu au bois de Boulogne. Puis dans nos pattes jaillirent deux animaux de même allure mais de taille plus petite que mon bonhomme étendit raides de sa pétoire. Il venait de faire un doublé de louvarts, pas plus impressionné que s'il avait tué deux lapins dans un fermé solognot.

Bécasses et gibiers de montagne exceptés, je crois avoir fait tous les doublés classiques que peut faire au cours d'une carrière déjà bien longue un coureur de plaines, de bois et de marais, devant soi, en battue, au poste ou à la passée. Plus un certain nombre de doublés mixtes, certains peu courants comme un sanglier bécasse l'une des rares fois où j'ai utilisé un drilling, un renard bécassine ou un lièvre canepetière – dont le tir était à l'époque autorisé. D'autres assez classiques comme pigeon grive, perdreau lièvre, faisan geai ou lapin merle, sans compter deux ou trois qui peuvent à première vue sembler extravagants mais qui n'ont rien que de très ordinaires dans le pays où ils ont été faits, l'Ecosse, bécassine grouse, grouse lièvre variable et petit coq de bruyère grouse.

Combien un chasseur peut-il faire de doublés dans sa carrière ? Beaucoup s'il tire bien et qu'il chasse souvent sur des terres giboyeuses. Peu s'il est maladroit et moins encore s'il n'a pas grand-chose à se mettre au bout des canons. Voilà des réponses qu'aurait pu faire monsieur de la Palisse qui comme chacun sait *« un quart d'heure avant sa mort était encore en vie »*. De grands fusils du début du siècle dernier, le Comte Clary ou Lord Grey, qui ne chassaient pratiquement qu'en battue avec au fort des traques un ciel en permanence parcouru d'oiseaux, ont certainement fait des milliers de doublés. D'ailleurs ils ne faisaient pratiquement que des doublés.

Lorsqu'il y avait encore abondance de perdreaux gris dans les plaines du nord de la France, disons jusqu'au début des années soixante-dix, les spécialistes reconnus de leur tir en battue estimaient que pour maintenir leur réputation il leur fallait, sur dix compagnies passant à portée, réussir sept doublés. Ne tuer qu'un oiseau dans une compagnie ne devait arriver que trois fois sur dix et une « lunette », ce double zéro calamiteux, demeurer exceptionnelle. En septembre par temps calme, le pari était souvent tenu et le nombre de dix-sept atteint, sur vingt oiseaux possibles. Parfois il était même dépassé lorsque la bonne fortune d'un coup double venait s'ajouter en prime. Fin novembre par vent soutenu, c'était déjà une autre paire de manche. Et la performance était plus facile à réaliser avec un poste sous le robinet, quand les vols se succédaient à rythme soutenu, que lorsque la fréquence des tirs n'offrait que deux ou trois occasions dans la journée. Il faut que la machine s'échauffe pour que le tireur puisse trouver sa cadence.

Mais comme le disait un tirador d'outre-Pyrénées, célèbre pour ses doublés à répétition : *« Lé plou difficile dans oune doublete, cé de touer lé premier »*.

LE DÎNER DE CHASSE

Il fût un temps où jamais les invités ne rejoignaient leur voiture sitôt la pièce glissée dans la pogne du garde. Quelles que soient les excuses invoquées, un avion à prendre aux aurores, la jalousie d'une épouse acariâtre ou la visite annoncée d'une tante à héritage, il n'était pas question de filer à l'anglaise.

Se soustraire au dîner valait de ne plus être réinvité. Lorsque la chasse était belle, les convives de la meilleure compagnie, la cuisinière solide derrière ses fourneaux et les vins de bonnes années, c'est bien volontiers que l'on sacrifiait au rituel, quitte à devoir camper sur les lieux dès lors que le rapport Cheval Blanc/globules rouges versait en faveur du grand cru.

Le dîner était servi à 20h30, ce qui laissait deux bonnes heures pour l'apéritif avant de passer à table. Il se terminait vers 23 heures, assez tôt pour commencer une partie de cartes qui s'éternisait parfois jusqu'au petit-déjeuner compte tenu de l'insistance des plus malchanceux à vouloir se refaire, le tout ponctué des rires immanquablement déclenchés par le souvenir des bons moments passés ensemble. On y ajoutait ceux du jour, afin qu'ils s'attachent à la mémoire de ceux qui seraient encore là dans cinq ans et donner aux survivants la possibilité de les évoquer plus tard, avant de passer eux aussi à la trappe : *« Tu te souviens, ce pauvre Daniel, cette bécasse à la taille du sanglier ! »*

Une journée de chasse n'est pleinement réussie que si la soirée permet de « refaire le match » autour d'un verre et d'un plat. Chasseurs tristounets du XXIe siècle, notre retour à la maison sitôt la bourriche dans le coffre pèse aussi lourdement sur notre moral que l'inéluctabilité du chômage.

Certes, on se tuait autrefois en voiture beaucoup plus qu'aujourd'hui. Les routes étaient bordées d'arbres, les brouillards d'automne impénétrables et les automobiles volages à s'envoler au-dessus des platanes. Encore rentrait-on le cœur léger, assuré que le pandore ronflait sous sa couette en rêvant au radar qui remplacerait son sifflet. Le lab dormait à l'arrière, secoué des tremblements qui agitent dans leur sommeil les chiens de chasse satisfaits de leur journée. On rentrait, passant en douceur les plaques de verglas que l'on savait prévoir.

Parfois les retours étaient épiques ou cocasses. À un passager qui devait faire la route du retour avec un ami, nous avions déclaré : *« Ce n'est pas qu'il conduise mal mais il a tendance à s'endormir. Arrangez-vous pour le tenir éveillé ».*

Cet ami nous en veut encore du martyre infligé à ses oreilles, de Vannes-sur-Cosson à Fontainebleau, par une voix de fausset dont la stridence allait crescendo à l'approche de chaque virage.

De nos jours, le sécuritaire prime. Cigarette et verre de Bordeaux niet, plus de 130 la prison, la chasse pas politiquement correcte et la possession d'une arme suspecte. À respecter ces dictats, je ne crèverai ni d'arrêt cardiaque, ni de cirrhose, ni de carambolage, mais à coup sûr d'ennui.

Vive les dîners de chasse ! Je dois ma survie à ceux que l'on maintient sur de trop rares territoires.

RICOCHET

Un sanglier est tiré d'une balle de 9,3x74 à une trentaine de mètres au rembucher d'une pièce de maïs qu'une allée sépare du massif forestier. Une voiture est garée un peu en avant de l'axe de cette allée, à cent cinquante mètres du tireur, sur un chemin situé à vingt-cinq mètres à l'intérieur du bois. À cet endroit, il domine la plaine d'une bonne dizaine de mètres.

La vérification du tir en fin de traque montre que le sanglier a été touché : les quelques gouttes de sang visibles sur le sol en apportent la preuve. Il sera demandé à un conducteur et à son chien de rouge de venir le lendemain pour entreprendre la recherche. En attendant mieux vaut ne pas insister, au risque de relever un animal blessé et de le faire fuir sur une longue distance. On regagne donc le 4x4 pour rejoindre les autres chasseurs qui attendent à un carrefour. Et c'est en remontant dans le véhicule que l'on s'aperçoit que la vitre arrière droite a été traversée par un projectile qui est venu se loger dans le montant du toit avec une énergie suffisante pour y être incrusté de manière telle qu'on ne réussira pas à l'en extraire. Le carrossier chargé le lendemain de la réparation récupérera ce qui est en fait un fragment de la balle pesant environ trois grammes. Une seule balle a été tirée au cours de cette traque, il s'agit donc bien, sans que le doute soit possible, de celle qui a touché le sanglier.

S'est-elle fragmentée sur un os de l'animal ou immédiatement après l'avoir touché, sur une pierre ? On ne le saura jamais : le sol à cet endroit n'était ni caillouteux ni gelé, quant au sanglier il n'a pas été retrouvé, ce qui aurait permis, en analysant ses blessures, de mieux comprendre la trajectoire du projectile. Peut-être n'a-t-il été qu'effleuré. Il demeure que cet incident, en l'occurrence sans conséquence, donne à réfléchir. Qu'un fragment de balle tirée fichante sur un sol meuble puisse remonter de dix mètres et traverser cent-cinquante mètres plus loin sans rencontrer d'obstacles une plantation d'arbres et de gaulis en conservant assez de puissance pour tuer un homme laisse augurer des dangers encourus à la moindre entorse aux règles de sécurité : tir fichant, respect d'un angle de trente degrés minimum, vigilance extrême lorsqu'il gèle.

Sur de plus en plus de territoires sont installés des miradors de battue. C'est incontestablement un plus pour la sécurité. Revers de la médaille, les chasseurs perchés sur leur plateforme ont parfois tendance à croire que puisqu'ils tirent fichant, ils peuvent tirer n'importe où. C'est oublier un peu vite que les trajectoires empruntées par une balle qui ricoche sont folles et imprévisibles et que l'utilisation d'une arme rayée, beaucoup moins dangereuse sur ce plan qu'un fusil lisse, n'écarte cependant pas tout danger.

J'en ai toujours eu conscience mais il m'a fallu attendre mon cinquantième permis pour en faire personnellement l'expérience. N'empêche, un Range Rover au tableau, ça fait désordre.

QUAND CHASSE LA RÉPUBLIQUE !

Il arrivait toujours très en retard, jamais avant la dernière traque. Rendez-vous avec le ministre, commissions d'affaires qui nous étaient étrangères, lois nouvelles, bref il était du Sénat et personne ne devait l'ignorer.

Les volutes de poussière que soulevait sa DS noire sur les chemins de terre signalaient son arrivée. Son chauffeur lui ouvrait la porte et s'affairait aussitôt dans le coffre pour en ressortir tout un fourniment, paire de fusils dans un étui double et long de cuir épais, trépied de cuir gras clouté sur des barreaux de bois verni, mallette à cartouches du même cuir frappé aux initiales, chaussures basses d'un cuir graissé comme une patte d'électeur, guêtres en toile et cape de loden du plus beau vert épinard. Le sénateur, de taille petite, rond et lisse, se drapait dans sa cape en un geste altier auquel il donnait une amplitude théâtrale et considérait un moment le mouvement des troupes, rabatteurs en mouvement, chiens en quête, compagnies de perdreaux tirant des bords comme voiliers en régate, lièvres hésitant sur la fuite à prendre, et ligne des fusils alignée comme canons en batterie. Juché sur un cheval, il eut été Napoléon au soleil d'Austerlitz.

Puis il s'asseyait sur le rebord du coffre et tendait au domestique ses courtes jambes afin qu'il y ajoute chaussures et guêtres de circonstance. Ainsi paré et suivi du factotum pliant sous le poids des bagages, il gagnait une place, repoussant d'un sourire ou d'une excuse des voisins qui devaient bien s'écarter :

« Cher ami le ministre, ah le ministre, la situation économique » !

Enfin il s'installait, son chauffeur déposant à ses pieds le contenu d'une armurerie. Le siège d'abord qu'il dépliait. Les cartouches ensuite, retirées de la boîte chiffrée et alignées par groupe de dix sur une serviette, puis le fusil N° 1 extrait de l'étui double, qu'il chargeait et tendait à son maître. Avant de s'asseoir, celui-ci s'essayait à des mouvements de tir, épaulés nerveux et swings d'amplitude, annonciateurs de doublés à répétition.

Généralement ces préparatifs commencés trop tard se terminaient au moment où la fin de la battue était sonnée. Si bien qu'on ne le voyait jamais tirer. On le prit donc pour un grand fusil. La preuve, il chassait avec une paire et serait peut-être du Gouvernement. Jusqu'au jour où un lièvre, un pauvre lièvre déboussolé, vint s'arrêter à dix pas du sénateur ; qui le visa avec le soin d'un ophtalmo au moment d'inciser l'œil d'un patient ; le manqua d'un bon mètre à son premier coup ; et de deux au second. Le lièvre fit un bond, et sans doute mis en confiance, s'arrêta à nouveau. Le sénateur tendit le bras et reçu son N° 2. Il y eut comme un cliquetis de fleuret dans l'échange. L'erreur du lièvre fut qu'il n'avait pas compris qu'il avait cette fois affaire à un élu de la République

muni de deux fusils. Il faut dire que ce lièvre, qui se croyait sauvé, était habitué aux hobereaux qui n'en utilisaient qu'un seul. Il fut si surpris par les deux détonations qui suivirent, qu'il en resta scotché dans le labour. Indemne bien entendu, mais tout de même choqué par ce manque de fair-play. Si surpris et si choqué qu'il demeura là, sans bouger une oreille.

On vit alors un voisin du sénateur prendre un départ comme pour un cent mètres, arme brandie comme drapeau au moment de la charge. Le sénateur était son ami, enfin ils se rendaient quelques services.

– Tiens Etienne, il t'en faut un troisième.

À la même époque et dans la même DS noire arrivait dans les mêmes chasses un préfet, lui toujours à l'heure. On lui donnait les meilleures places, parce qu'il était préfet et qu'il tirait comme un sabre. En même temps, on prévenait ses voisins :

– Dès qu'il épaule, plongez dans les betteraves. Notre commissaire de la République est un peu chaud du fusil.

Effectivement Germain, ainsi se prénommait-il, ne faisait pas dans la dentelle. C'était plutôt le genre efficace. Il avait un chauffeur, Arthur, doté d'un marking de labrador, dont le visage était pointu et le nez relevé comme le chanfrein d'un pointer. Arthur n'était pas dressé à l'anglaise et partait au coup de fusil pour ramasser le gibier en se faisant enguirlander lorsqu'il ne retrouvait pas dans la seconde les oiseaux séchés :

– À droite Arthur, sang de Dieu, à droite, vous êtes aveugle, là à cinquante centimètres de votre nez.

D'aventure, un autre perdreau passait la ligne et manquait d'arracher la casquette d'Arthur avant d'être explosé à deux mètres de sa tête :

– Derrière vous Arthur, au moins vous l'avez vu celui-là !

En dix années de service, Arthur ne prit jamais un plomb. Au tableau considérable du préfet, il faut ajouter néanmoins le dos d'une très jolie jeune femme qu'il vérola de huit en tuant un perdreau rasant. Elle n'en garda aucune séquelle. Mais son mari faillit bien casser la figure du fonctionnaire, tout préfet qu'il était.

TROP N'EST JAMAIS ASSEZ

Vous et moi connaissons quelques grands fusils. Je ne sais comment sont les vôtres mais je puis vous assurer que les miens sont discrets, efficaces, réguliers, élégants et peu nombreux. Je les compte sur les doigts d'une seule main.

C'est la chasse qu'ils aiment et qu'ils placent bien avant le tir où ils excellent pourtant. Ils n'ont rien en commun avec la cohorte vantarde et envahissante des fondus de la queue de détente qui ne parlent que de tableaux, de cartouches tirées, de moyenne, et à qui il faut toujours plus de pièces à abattre. Jamais ils ne mentionnent les cocottes qui cependant figurent pour l'essentiel à leur menu mais toujours les grands oiseaux, mieux à même de flatter leur amour propre. On pourrait croire, compte tenu des performances dont ils vous rebattent les oreilles à tout instant, qu'ils brillent en compétition dans les disciplines de ball-trap. Il n'en est rien. Inutile de les chercher sur une planche de tir. Vous les trouverez dans les tirés solognots, gallois, espagnols, là où les volières sont anglaises, les fusils en paire, les vestes en tweed et les *secretarios* assez bien élevés pour ramasser quatre fois plus de gibier qu'il n'y en a d'abattu. À cent euros pièce c'est excellent pour la moyenne.

Le hasard a voulu que je croise dans un pays d'Amérique du Sud un groupe en goguette de ces mitrailleurs bon chic bon genre venus en découdre avec la tourterelle. Leur chef, en même temps qu'il les invitait, avion, séjour et cartouches, le bar et l'aspirine, tout à l'œil, avait crée le club des mille. Ne pouvaient le rejoindre, prétendre à la médaille et devenir membres à vie que ceux qui tuaient mille tourterelles dans la journée. Bien entendu les oiseaux n'étaient pas véritablement comptés, ils n'étaient d'ailleurs pas même ramassés. En fait chacun des fusils, outre les deux ou trois préposés en charge des munitions, du siège en toile pliant, du parasol, de la glacière et de tout le fourniment nécessaire au confort d'une journée de plein air, était accompagné d'un guide dont la seule occupation consistait à appuyer sur la touche d'un compteur de poche à chaque oiseau qui tombait. L'incroyable densité, mais pour combien de temps, permettait à nos forcenés d'accéder assez facilement au club, d'autant que les guides pour assurer leur pourboires ne rechignaient pas à pianoter sur leur compteur à la vitesse d'une secrétaire capable de taper trois mille mots/minute. Mais au prix de stigmates, visibles encore deux mois plus tard dans les salons parisiens où il fallait tout savoir de leurs exploits : joue et index sanguinolents comme à l'étal du boucher, hématome virant au violet de l'épaule à la ceinture.

Parmi eux une chasseresse qui avait dû être ravissante avant de subir les assauts de son fusil. Arborant avec fierté sa promotion récente au club des mille, on la crut battue par son mari ou défigurée par son chirurgien. Les femmes elles-mêmes ne sont pas épargnées par le syndrome de la gâchette.

VIVE LE TIRAGE AU SORT !

Avec un tant soit peu d'expérience et de sens de la chasse, il n'est pas nécessaire d'être grand clerc pour deviner si le poste qui vous a été désigné est un bon ou mauvais poste. Et quand on connait le territoire, il est assez rare de se tromper.

Ceci est vrai pour la chasse en battue en général, petit et grand gibier, grand gibier surtout car s'il arrive qu'une grive égarée survole votre chapeau, il n'existe aucune chance pour qu'un sanglier ou un cerf emprunte un chemin qu'aucun de ses congénères n'ait jugé bon de prendre depuis Vercingétorix. Rien n'est donc plus désagréable que d'être envoyé systématiquement à Couillonville pendant que deux ou trois petits malins, toujours les mêmes, vont se placer plus ou moins discrètement là où ça passe. D'autant, et je vous en fais le pari, que le soir venu ils ne manqueront pas de se désoler de votre bredouille, prenant à témoins Dieu, ses saints, le garde et l'équipe complète des rabatteurs : on vous avait pourtant donné les meilleurs postes et la malchance seule ne peut expliquer tout à fait le fiasco.

Pour preuve, pas plus tard que la semaine dernière Tartampion, là même où vous étiez, a tué trois bêtes rousses et un renard. Mais il est vrai que Tartampion ne bouge absolument pas et que c'est une sacrée carabine, sous entendu on ne peut pas compter que sur la chance, il faut aussi savoir chasser.

Bref vous vous êtes enquiquiné comme au sermon d'un écologiste, tout au long d'une journée interminable à la fin de laquelle vous vous êtes demandé s'il ne serait pas plus sage d'occuper désormais vos loisirs à la pratique du tennis de table, à l'étude des crustacés ou encore à toute autre activité sportive ou intellectuelle vous tenant à jamais éloigné des plaines et des bois. Ayant vécu cette expérience plus de fois qu'il ne faut de bonds à un kangourou pour traverser l'Australie, je privilégie désormais les chasses où seule la règle du tirage au sort est appliquée. À long terme les occasions de tir sont les mêmes pour tous. On peut d'ailleurs se demander pourquoi elle n'est pas d'usage systématique en la matière alors que plus de deux cents ans se sont écoulés depuis la révolution, la fin des privilèges et le droit de chasse pour tous.

S'il faut parfois donner absolument une bonne place à un quidam dont on attend en retour quelque avantage, il y a mille moyens de truquer discrètement la donne. J'ai connu un maître en ce domaine, président de ce qui était à l'époque la plus belle chasse de perdreaux de France : à l'invité qu'il voulait honorer et à qui il présentait en premier les cartes déployées en éventail dans la paume de sa main, il susurrait : *« celle du milieu »*. Et si cela ne suffisait pas il inversait l'ordre programmé des battues, choisissant de donner sa meilleure traque en fonction du numéro de poste occupé par l'élu du jour.

À défaut d'obéir tout à fait aux lois du hasard, voilà un tirage au sort qui ne manquait pas d'élégance.

COIN-COIN

En l'an de grâce 2006, il fallut à mon maître, afin de répondre aux exigences nouvelles de la législation, consigner sur un registre le nom et les origines de chacun des appelants qu'il possédait. Cultivateur de son état mais avant tout huttier passionné, il comptait dans son écurie une cinquantaine d'élèves, et parmi eux quelques-uns des plus nobles représentants de la gent Anas.

Devant son bureau sur lequel était ouvert le nouveau registre et posé un encrier, il nous fit défiler un à un, dans le déhanchement qui caractérise notre marche. La veille, nous avions passé une visite médicale, remis aux mains d'un docteur vétérinaire qui nous fit cancaner et cancaner encore, puis nous ordonna de compter jusqu'à trente-trois. Nous y laissâmes quelques plumes mais en ressortîmes heureux d'apprendre que nous ne présentions aucun des symptômes caractérisant la grippe aviaire.

Comme les autres, je dus préciser l'espèce à laquelle j'appartenais, mon nom, mon prénom, ceux de mon père, de ma mère, et fournir également les circonstances exactes de ma naissance. Etais-je, par exemple, né en captivité où avais-je été capturé en pleine nature ? Pouvais-je indiquer le nom, la raison sociale et l'adresse complète de l'élevage ou j'avais vu le jour, si tel était le cas ? De mes déclarations dépendait la pose d'une bague à ma patte droite, attestant de ma qualité d'appelant sain. Mais surtout, conscient de l'importance que revêtaient de tels renseignements sans lesquels la haute administration humaine demeurerait impuissante à combattre une pandémie aviaire, je répondis avec tous les détails qu'il me paraissait indispensable de fournir à l'analyse des savants qui arpentent les antichambres ministérielles :

« Je m'appelle Coin-coin de la Canarderie, fils de Malard Colbert d'Authie et de Cancanette de Granlieu, célèbre court cri dont la carrière se termina en salmis, à la suite d'une extinction de voix. En revenant de Camargue où je prenais mes quartiers d'hiver, (j'avais mes habitudes au mas des Bruns bien avant que l'endroit ne fût mis à la mode par une bande de siffleurs britanniques), je fus canardé, c'est bien le terme, par la flac des huttiers au coude à coude alors que je survolais la baie de Somme à basse altitude en direction des marais de Rue. Aile cassée, je réussis à me poser en catastrophe dans la roselière qui borde le marais de Sailly-Bray où je fus récupéré le lendemain par une chienne Labrador noire de quatre ans répondant au nom de Farine qui me remit à son maître, lequel abandonna pour un temps la chasse qu'il faisait des bécassines pour me porter à la hutte des quatre cents coups où je fis ma

convalescence. Puis le garde me vendit au marquis de Cabessa de Pato où je fus employé à son attelage. À sa mort prématurée, ses héritiers ne chassant pas, c'est chez vous que je repris du service. J'ajoute, et je souhaiterais que cela soit consigné dans le registre, que je n'ai jamais, ni dans ma jeunesse lors des migrations, ni plus tard encalminé à la mare des gabions, fréquenté le moindre oiseau venant de l'Est ».

À Paris comme à Bruxelles, on se félicita des déclarations de Coin-coin. Un grand pas vers la traçabilité de la terrible maladie venait d'être franchi. On envisagea même au ministère d'honorer par une nouvelle décoration l'inamovible président des chasseurs de gibier d'eau.

PAR TEMPS CHAUD, GARDONS NOTRE... SANG FROID

En Autriche, des retraités ont été attaqués par un lièvre alors qu'ils étendaient du linge dans leur jardin. Mordus aux jambes ils ont fait appel à la police qui a dû abattre l'animal à coups de pistolet. Après examen du léporidé, le vétérinaire consulté a déclaré que le comportement anormalement agressif du rouquin n'était pas à mettre sur le compte de la rage mais sur la chaleur excessive du début de printemps.

Les medias se font largement l'écho des conséquences dramatiques de l'inéluctable réchauffement de la planète. Ils pourront désormais ajouter à la liste des catastrophes engendrées par l'augmentation de la température les risques que feront courir à l'homme les animaux rendus fous par un coup de chaud. Les premiers concernés seront bien entendu les chasseurs, les seuls véritablement au contact de la faune. Les citadins n'ont pas grand-chose à redouter, à moins que les pigeons, lassés de bombarder les passants de leurs excréments, ne les attaquent en d'incessants piqués à la manière des oiseaux de Hitchcock.

Puisque le lièvre, timide par excellence, attaque désormais l'homme sitôt que grimpe le thermomètre, il faut s'attendre à des agressions autrement plus graves de conséquences de la part d'espèces mieux armées pour le corps-à-corps et d'autant plus inquiétantes quand on connaît la célérité avec laquelle les forces de police se rendent sur les lieux d'une agression après qu'elles aient été prévenues. En outre, G.I.G.N. excepté, il n'est pas certain qu'elles aient, en supposant qu'elles arrivent à temps, l'entraînement au tir nécessaire pour mettre l'agresseur hors d'état de nuire. Ne comptons donc que sur nous-mêmes et équipons-nous de manière adéquate : pour lapins, lièvres et renards des guêtres molletonnées à la façon dont se couvrent les dresseurs de chiens d'attaque et pour les oiseaux, au nombre desquels bécasses et bécassines sont particulièrement à craindre en raison de leur bec pointu, un masque de plongée à défaut d'un casque intégral, peu pratique. Pour ce qui est du grand gibier il n'existe à ma connaissance aucune protection susceptible de rendre leurs charges inoffensives, à l'exception peut-être des armures portées au Moyen-Âge par nos chevaliers. Mais celles qui restent dans les musés ou dans les salles de garde des châteaux sont en nombre insuffisant pour équiper la totalité des chasseurs, dont on voit mal par ailleurs qu'ils seraient d'humeur à enfiler une cote de maille en arrivant au rendez-vous de chasse. La mise à mal de la couche d'ozone par la combustion des énergies fossiles va donc les contraindre, pour arrêter les charges furieuses des cervidés et des sangliers, à conserver par temps chaud tout leur sang-froid. Réfrigérer certaines parties des territoires de chasse, comme les bauges ou les queues d'étang en y déversant des pains de glace serait bien une solution, mais coûteuse.

Il va donc falloir apprendre à stopper les charges qui devraient à l'avenir se multiplier en raison de l'effet de serre. Je suggère donc de compléter la discipline du sanglier courant par une épreuve, obligatoire à l'examen du permis de chasser, dans laquelle le mannequin du fauve se précipiterait sur le tireur à la vitesse d'un TGV et où seuls seraient pris en compte pour obtenir la moyenne les impacts relevés à la tête.

BEST FURET

Compagnons de chasse depuis l'enfance, quatre copains désormais d'âge mûr se retrouvaient chaque été dans le petit hôtel d'un village des Highlands.

Ce n'était pas pour sanctifier le « glorious twelve », ce 12 août qui marque traditionnellement en Ecosse l'ouverture de la chasse à la grouse : aux pattes velues de l'oiseau emblématique, nos amis préféraient la frimousse des garennes qui par milliers colonisaient les pentes herbeuses des collines environnantes. Non que le tir des tétras fut inaccessible à leurs bourses, convenablement garnies, mais bien parce qu'ils avaient à cœur de poursuivre une compétition entamée cinquante ans plus tôt, quand la carabine 14 mm à la saignée d'un bras et à la boîte à furet pesant à l'autre, ils longeaient haies et remises, s'arrêtant à chaque terrier. Un vieux garde claudiquant les accompagnait, veillant à ce qu'ils se placent de manière à ne pas s'envoyer de plombs dans les bottes. Il était aussi l'arbitre du challenge dominical qui ne s'interrompait qu'avec les furets collés au trou et ne cessait tout à fait qu'avec l'heure maudite du retour en pension. Lorsque deux coups de carabine ne faisait qu'un, il désignait du bout de sa canne celui des gamins à qui il attribuait le garenne. Ces chasses en culottes courtes d'avant la myxomatose avaient scellé leur amitié, sans que ne disparaisse pourtant chez aucun d'entre eux la furieuse envie d'être le meilleur « au lapin ». Elle allait au contraire s'exacerbant au fil des saisons.

Alain, Pierre, Jean-Luc et Sébastien partaient donc chaque année en découdre sur un terrain épargné par la maladie depuis qu'une demi-douzaine d'années plus tôt Sébastien avait fait la connaissance de Jimmy au cours d'un voyage d'affaires. Rencontre très improbable puisque Jimmy était de son état garde-chasse écossais à la retraite et Sébastien industriel normand en activité. Rencontre percutante par ailleurs puisqu'elle eut lieu au prix d'une aile froissée à l'unique croisement d'Auchleven, minuscule bourg des Grampians, alors que Jimmy, son petit-fils et ses furets regagnaient leur domicile et Sébastien l'aéroport. Il avait fallu faire le constat au pub car il pleuvait comme Angus qui pisse. Totalement dans son droit au volant de sa voiture de location, Sébastien avait reconnu tous ses torts et réglé les consommations. Généreux de nature il avait glissé dans la pogne d'un Jimmy pleurnichant devant sa quatrième pinte un joli paquet de livres sterling, en compensation du traumatisme qui d'après Jimmy avait affecté ses furets lors du choc, les empêchant très certainement de chasser durant des semaines. Et justement les huit furets que lui, Jimmy, transportait aujourd'hui dans son vieux Land, étaient les huit meilleures bêtes d'un cheptel d'une cinquantaine d'individus patiemment sélectionnés, « my best furets Sir ».

C'est ainsi que Sébastien sut que la plupart des propriétaires terriens et des fermiers de la région faisait appel à Jimmy pour se débarrasser des lapins qui pullulaient dans le secteur, ravageant plantations et cultures. Chaque jour que Dieu faisait, Jimmy rangeait à l'arrière de son vieux Land les boîtes contenant ses bestioles, une vingtaine de bourses et les sacs dans lesquels seraient jetées ses victimes une fois retirées des filets et assommées. Payé au nombre de ses prises, il avait pour aide ses petits-enfants lorsque l'école le permettait, et parfois aussi sa femme, une grande maigre toute en os. La famille gagnait alors directement les champs de Mac Machin ou les prairies de Lord Muche et il ne fallait pas longtemps, avec aux trousses tant de buveurs de sang, pour que s'entendent les galopades souterraines d'une ribambelle de Jeannots pressés de gagner la surface.

Sébastien, s'imaginant avec ses copains postés en contrebas de terriers crachant des garennes, suggéra à Jimmy le renforcement de son entreprise, sous la forme d'un partenariat. Il lui démontra tout l'intérêt qu'il aurait, lui Jimmy, à s'entourer d'une équipe de quatre Français. Tout mangeurs de grenouilles qu'ils étaient, ils pouvaient payer, disons vingt-cinq livres par sortie. Cent livres par jour viendraient ainsi s'ajouter à ses revenus lapinesques, du moins pendant la durée de leur séjour, sans compter qu'il n'aurait plus, lui Jimmy, à tendre les bourses et à casser le cou des rongeurs. Après un silence qui dura plus de temps qu'il n'en faut à un furet pour parcourir les méandres d'un terrier, Jimmy répondit

en bon écossais : trente-cinq ! Sébastien tenta bien de négocier mais tout maquignon qu'ait été son grand-père, un normand ne fait pas le poids face à un écossais dans ce genre de transaction.

Nous étions en mai, rendez-vous fut pris pour la deuxième semaine du mois d'août.

La chasse se passa aussi bien que prévue. À neuf heures chaque matin, Jimmy ébranlait son vieux Land dès qu'il apercevait dans son rétroviseur la voiture des Français. À ses côtés, son fil de fer d'épouse et derrière, assis sur les boîtes contenant deux douzaines de carnassiers aux yeux rouges, son petit-fils, sa petite-fille et un autre gosse, rouquin comme un coucher de soleil. Et Jimmy fonçait comme un dératé sur les routes à peine plus larges qu'un sentier de mule pour freiner brutalement quelques miles plus loin devant la barrière d'une clôture. Les deux voitures montaient jusqu'au sommet de la colline, faisant fuir devant elles des dizaines de lapins disparaissant à mesure dans leurs galeries. Puis on descendait l'herbage à peu près en ligne, Jimmy houspillant son monde, faisant mettre un furet là, deux ici, ordonnant au rouquin d'attendre la remontée d'un furet collé, ou talochant sa petite-fille qui ne faisait pas assez vite pour récupérer un furet baguenaudant entre deux gueules. De partout jaillissaient les lapins, certains aussitôt avalés par un trou, d'autres prenant le parti de dévaler la colline. Entre Alain, Pierre, Jean-Luc et Sébastien la compétition faisait rage. Des quatre, Sébastien était le plus fébrile. Le moins rapide aussi. À mesure qu'avançait la matinée l'écart se creusait, avec Jean-Luc surtout, un grand échalas très calme qui tirait vite et juste. Il arriva ce qui devait arriver : dans sa précipitation Sébastien finit par tuer net un furet qui pointait le bout de son nez à la sortie d'un terrier. Avant même que Jimmy put examiner la victime, on l'entendit crier *« he shot my best furet, oh he shot my best furet ».*

Sébastien venait de tuer pour la première fois le meilleur furet de Jimmy.

Il devait renouveler sa bévue à quatre ou cinq reprises au cours des séjours qui suivirent. Philosophe, il sortait son portefeuille et tendait à Jimmy une liasse de billets que l'autre s'empressait de glisser dans sa poche. Et la chasse reprenait, sitôt réglée la taxe d'abattage du « Best Furet des Highlands ».

C'EST L'HABIT QUI FAIT LE CHASSEUR

Faut-il se plaindre qu'à l'heure où les hommes politiques jettent la cravate pour se donner une image décontractée, la chasse demeure un domaine où l'on respecte les traditions vestimentaires?

Imaginez les membres d'un équipage courant le cerf en jeans et battle-dress. Faute de tenues, le laisser-courre manquerait singulièrement de panache. Et si l'on en venait à remplacer la trompe par le portable, ce qui fait la beauté de la vénerie et son charme, avec la musique de cinquante chiens bien gorgés, s'en irait en quenouille, aussi sûrement que l'arrivée des machines à sous dans les casinos a sonné le glas des robes du soir et fait fuir les jolies femmes.

Il est heureux qu'à des modes de chasse déterminés correspondent autant de façons de se vêtir et de s'équiper, avec ici ou là quelques variantes en fonction des habitudes locales. Montre-moi ce que tu portes, je te dirai ce que tu chasses et comment tu le chasses.

S'il endosse chemise, cravate et costume de tweed, on pensera du bonhomme qu'il est l'invité de l'une de ces grandes battues de petit gibier où les retrievers ne comprennent que la langue de Shakespeare. S'il revêt une tenue camouflée et qu'il s'est peinturluré le visage comme un mercenaire, soit il chasse à l'arc, soit il a l'intention d'affûter le pigeon, soit il veut ressembler à un chasseur d'outre-Atlantique. S'il porte des knickers en peau de cerf, il y a fort à parier que c'est l'approche qui le passionne.

Le couvre-chef est à lui seul indicateur de bien des goûts de son propriétaire, voire de ses origines sociales et géographiques. La casquette, le chapeau ou le béret, portés en l'état, chargés de médailles ou piqués de plumes diverses, celles multicolores du geai ou celles du peintre retirées à l'aile des mordorées, sont les témoins des passions cynégétiques de chacun. L'arme utilisée est également révélatrice. Les semi-automatiques n'ont en principe pas droit de cité dans les battues : on les réserve aux chasses individuelles et de gibier d'eau. Et si les superposés sont à la mode, les bons vieux juxtaposés donnent à ceux qui les utilisent une note aristocratique du meilleur effet dans certaines réunions. Pour peu qu'ils soient à platines et fabriqués à Londres, on vous prendra pour un grand fusil, quand bien même vous manqueriez dix faisans de suite volant comme des poêles Tefal.

Plus encore qu'armes et vêtements, les chiens dénoncent les préférences affichées. À de grands buveurs d'air comme pointers et setters, on associera les amateurs de chasse en plaine. On verrait bien un bécassier dans ce propriétaire d'un épagneul breton, un passionné de recherche au sang dans ce possesseur de teckel et un sauvaginier dans cet inconditionnel du labrador.

Bien entendu toute règle a ses exceptions et il arrive parfois que l'on rencontre un dandy en chaussures basses perdu dans un marais, mais on ne l'y verra pas deux fois. Ou dans une battue d'élégants, un gaillard ressemblant à un tronc d'arbre sous une veste imprimée de feuillage et crachant des rafales de son arme à répétition. Il ne sera pas réinvité.

La chasse a ses codes et c'est finalement très bien comme cela.

IL COURT, IL COURT, LE MAMBO

Mambo était un fox, ras de poil et dur de caractère. Il vivait dans une ferme briarde avec tout un peuple de labradors et de pointers. Sa sœur s'appelait Rumba, sa mère Samba, son père Tango, et ses cousines Valse et Salsa. Un vrai danseur ce Mambo. Avec un nom pareil, comment faire autrement ? Mambo chassait avec nous le lapin, le lièvre, et sans nous les rats et les souris. Egalement les chats qu'il coursait dans les granges pour ses copains labradors qui les attendaient aux points de fuite. Quand Mambo était là. Car Mambo s'absentait deux semaines sur quatre. Il disparaissait quinze jours chaque mois pour courir la gueuse. Des voisins l'apercevaient, au hasard de leur route, à quinze kilomètres de là, entre Melun et Vaux-le-Vicomte. Il nous arrivait de le voir traverser la plaine entre Guignes et Mormant : toujours sur les chemins verts, indifférent au gibier qui démarrait dans ses pattes. Les gardes du secteur avaient fini par le connaître et les chiens du coin par l'aboyer quand attachés à une chaîne ou séparés par une clôture, ils ne pouvaient pas lui coller une rouste. Et Mambo rentrait, maigre, efflanqué, couvert de croûtes et de sang. Il passait d'abord par la cuisine, mangeait comme un aspirateur emballé, buvait comme un chameau après la traversée du Sahara et disparaissait sous le canapé du salon dont il ressortait toutes les deux heures pour regagner la cuisine, afin de manger et boire encore. Remise en forme d'une semaine pendant laquelle il n'était pas question de le caresser ou même de lui parler : du genre va te faire voir sur le plus proche fauteuil, je récupère. Et puis, graisse revenue et poil à nouveau luisant, il allait s'enquérir de ses potes labradors ou rendait visite dans son box à un cheval dont il était très ami. Pour être à hauteur du pur sang, il grimpait dans son râtelier et lui racontait ses fredaines.

Pendant dix ans nous ne vîmes Mambo que sept jours par mois, non compris la semaine qu'il passait sous le canapé. Et un jour il ne revint pas. Lui si prudent lorsqu'il traversait les routes avait fini par se faire écraser.

NE QUITTEZ PAS !

– La copine à Freddy est partie avec Rachid. Du coup la Josiane est galère. C'est cool mec. D'un aut'côté ça m'fout les boules rapport à Freddy. À toute mec. Cool.

C'est fou le nombre d'informations de premier plan que l'on peut récolter en se baladant dans la rue depuis que tous nos concitoyens ont un portable vissé à l'oreille.

À la chasse le portable est devenu incontournable. D'ailleurs je ne me sépare jamais plus du mien. Dès le début d'une traque, j'appelle le garde :

– Serge, tout va bien ?

– J'ai pris par le bas, Bruno a pris par les ronces de Malvaux. Il m'a téléphoné pour me dire qu'il avait levé un brocard.

– OK je l'appelle.

Je compose son numéro lorsque résonne sur la crête opposée un coup de carabine. Ce doit être Octave. Bruno on verra plus tard.

– Octave, c'est toi qui as tiré ?

– Non, c'est sûrement Hervé. J'ai essayé de l'avoir mais ça sonnait occupé.

– Ok je vais voir s'il répond et je te rappelle.

– Hervé ? T'as tiré quoi ?

– Ce n'est pas moi, c'est Gérard. Je viens de l'avoir. Un petit sanglier qui aurait boulé et serait reparti.

– Ah c'est sans doute lui qui a essayé de me joindre pendant que j'avais Octave en ligne. Pas eu le temps de le prendre en double appel. Je préviens Serge.

– Pas la peine, Pierre vient de me téléphoner pour me dire qu'il les avait appelé tous les deux.

– D'accord je raccroche.

Aussitôt le mobile glissé dans ma veste, il se met à vibrer. Je décroche.

– Salut c'est Yann. Je suis à la chasse en Pologne chez Marian.

– Suis dans l'Oise chez un copain. Ça marche chez vous ?

– Couci-couça aujourd'hui, beaucoup de grandes pattes mais peu de cochons.

– Ici ce n'est pas terrible. Quand rentres-tu ?

– Demain. Je t'appelle et on déjeune. Tchao.

Je rappelle Hervé pour lui dire que je venais d'avoir Yann qui était en Pologne. Il m'apprend qu'il y a tué un beau cerf la saison passée. La traque touche à sa fin, je n'ai rien vu. C'est décidé, jeudi prochain je n'irai pas chez Georges. Sa chasse n'est pas mauvaise mais son territoire tellement encaissé qu'il n'y a pas de réseau.

L'ÉCOLE EST FINIE

On ne pouvait guère lui demander de chasser avant onze heures. Il est vrai qu'il avait la veille fait la fermeture de l'unique pub du village. C'était d'ailleurs un habitué des fermetures, du moins en période d'ouverture. Après tout il était Irlandais et gillie. Entre chasse et pêche, il ne chômait pas.

Avant de partir, il lui fallait passer à l'école car c'est là qu'était son chenil. Trois setters, un labrador et deux springers travaillaient alternativement un jour sur trois à arrêter, lever et rapporter bécassines et bécasses, selon la spécialité de chacun.

Il avait une raison supplémentaire de se rendre à l'école : il en était le seul et unique instituteur. Sa tâche consistait à distribuer quelques taloches à toute une flopée d'O'brien et d'O'connor qui se crêpaient le chignon dans la cour. Quand la bande de rouquins était calmée et qu'elle avait rejoint les bancs de la classe, il écrivait au tableau les données d'un problème en assurant qu'il passerait prendre les copies en fin d'après-midi. Ce qui n'arrivait jamais car en fin d'après-midi justement, il y avait toujours un client pour battre à nouveau un morceau de lande où il avait vu un Woodcock se remiser, ou un deuxième larron pour suggérer une passée. Comment refuser une dernière chance à un chasseur au prétexte que l'on est en charge de l'éducation de deux douzaines de garnements d'un village perdu du Connemara ?

De toute façon, il y avait bien longtemps que ses élèves étaient éparpillés dans la nature. Ils s'étaient envolés sitôt sa voiture disparue derrière les collines. Et comme il ne corrigeait jamais les devoirs !

LE PERMIS NOUVEAU EST ARRIVÉ !

En matière de permis nous avons connu le temps du garde champêtre qui déposait à domicile contre un petit pourboire et une lampée d'ordinaire un document valable pour chasser tous gibiers en tous lieux.

Puis le temps du permis à géométrie variable, le départemental et le national, auxquels furent ajoutés au fil des ans des timbres qui les firent ressembler à une lettre oblitérée par la moitié des bureaux de poste de la planète. Pour les obtenir, un congé de quatre semaines était nécessaire tant les documents à fournir s'accumulaient, comme les allers-retours entre sièges des fédérations, caisses de Crédit Agricole et autres officines dont il serait fastidieux de donner ici la liste. Il fallait de l'opiniâtreté pour mettre en poche ces permis-là, munis de toutes les vignettes nécessaires. C'est donc avec soulagement que les chasseurs ont vu arriver le permis nouveau, à guichet unique.

Mieux encore, avec Internet, il suffit désormais d'un simple clic, et clac vous voilà aussitôt en possession du précieux document. Qui plus est, rien n'empêche ceux d'entre nous qui optent pour un permis national de faire jouer la concurrence puisque les tarifs pour une validation nationale sont différents dans chaque fédération. Pourquoi ne pas s'adresser à celle qui pratique les tarifs les moins élevés, après avoir surfé sur la toile comme on le fait pour un billet d'avion ou un séjour aux Caraïbes ?

C'est ainsi que pour chasser à moindre frais le grand gibier en Côte d'Or (département le plus cher), il serait judicieux de faire valider son permis en Guadeloupe (département le moins cher) où de mémoire d'homme jamais n'a été aperçu l'ombre d'un sanglier ou d'un cerf. Absurde ou pas, on ferait une économie de plus de cent euros.

À terme les fédérations qui devront faire face aux dégâts de gibier les plus importants seront celles qui disposeront des ressources les plus faibles tandis que celles qui n'auront pas ou peu de dégâts deviendront les plus riches.

À quand un permis de chasser mondial qui permettrait de tirer à moindre frais le buffle au Zimbabwe sous réserve d'une validation en Irlande, le maral au Kazakhstan pourvu qu'il soit estampillé au Monténégro et le dahu dans les Alpes suisses sous réserve qu'il ait été composté en Australie ?

TABERNACLE, UN CARIBOU !

Dans la péninsule du Labrador, Schefferville est une cité fantôme. Un antique DC 4 nous y amène depuis Montréal. Deux banquettes en ferraille courent de chaque côté du fuselage et des sangles pendent du plafond pour arrimer le fret. Dessous le Grand Nord canadien déroule ses forêts en nous adressant les reflets de ses milliers de lacs.

Autrefois ville minière, Schefferville est désormais occupée par quelques centaines d'Indiens venus squatter les maisons abandonnées par les ouvriers et les ingénieurs. Le gouvernement les assiste pour prix de sa bonne conscience et ils boivent en partie leurs allocations pour tuer le temps, peut-être aussi pour raccourcir des vies qui n'ont plus de sens.

Au début de l'automne, Schefferville devient la base à partir de laquelle on décolle pour rejoindre les campements de chasse. Nous rejoignons l'un d'eux, construit sur les rives de la rivière George, quelque part au nord- est, à deux heures de vol. Il est vrai que les « Beavers », ces hydravions au gros moteur en étoile, ne vont pas bien vite. Certes ils sont lents et bruyants, mais ils transportent gaillardement six passagers, sept lorsque l'un deux prend le siège du copilote, peuvent s'arracher d'une baignoire et atterrir dans une bassine.

Ce n'est de toute façon pas l'eau qui manque dans le secteur, il y en a partout.

Sans doute est-ce la raison pour laquelle les caribous sont d'excellents nageurs : en perpétuelle migration, ils tournent en rond sur des milliers de kilomètres, dans le sens des aiguilles d'une montre. Compte tenu de la topographie des lieux, leur parcours ressemble à une compétition sportive dont j'ai oublié le nom, qui conjugue des épreuves de natation, de course à pied et de bicyclette. Les caribous n'ont pas encore de bicyclette mais ce sont des champions dans les autres disciplines. Un million d'entre eux trottent ainsi à la queue leu leu dans la toundra, en se jetant à l'eau des lacs et des rivières qu'ils doivent traverser, le gros des pelotons généralement précédé par deux ou trois échappées. Disons le tout de suite : chasser le caribou n'a aucun intérêt, du moins de la façon dont on le chasse ici.

Bien munis de caleçons longs et d'un bonnet de nuit du même acrylique car il fait frisquet dans la baraque, nous passons une excellente nuit. Au réveil et sans prendre le temps de nous brosser les dents, nous nous précipitons dans le bâtiment avant que d'autres amateurs de rennes aient ingurgité la totalité des petits-déjeuners. Puis un guide, le nôtre est muet, nous mène en bateau jusqu'à un point de la rive, guère plus d'une vingtaine de minutes au moteur. Là, nous faisons dix ou douze pas pour gagner l'écran d'une maigre sapinette et nous nous asseyons sur un gros caillou pendant que le guide rassemble de quoi faire un feu. De l'autre côté du fleuve, cinq cents mètres de large environ, l'avant-garde du troupeau, mâles, femelles et jeunes se précipitent à la baille dans le désordre. Nous les distinguons parfaitement dans nos jumelles. Quelques minutes plus tard, les premiers arrivés, bien campés sur leurs gros sabots, s'ébrouent comme labradors au sortir d'un étang. Puis ils repartent au trot d'un percheron, sans même nous jeter un regard. Notez qu'on ne peut pas leur en vouloir, ils ont une longue route à faire, et des congénères sur leurs talons.

Nous avons droit à deux caribous au cours du séjour, sans distinction d'âge ou de sexe, comme tout chasseur se rendant dans une pourvoirie. Les Indiens eux, en tirent autant qu'ils peuvent charger de viande l'hydravion qui les transporte.

Avec l'ami qui m'accompagne, nous décidons de n'en tirer qu'un seul, et tant qu'à faire un grand trophée, ce qui, on le verra plus tard, n'est pas une aussi bonne idée que cela. Comme la caravane des animaux est aussi longue qu'un défilé du 14 Juillet, la recherche d'un trophée, un « panache » comme le disent nos cousins, n'est pas bien difficile. Au terme de la journée nous voyons plus de caribous qu'il n'y a de cadeaux dans le traîneau du père Noël, mais nous n'en tirons pas un seul. Nous avons le temps.

De retour au camp, nous faisons la connaissance d'un Français qui vit sur les bords du Saint-Laurent depuis quarante ans et n'a rien gardé de ses origines hexagonales, en tout cas pas l'accent du Périgord. Il nous explique en pur québécois, une sorte de patois du XVIIe siècle enjolivé de mots anglais francisés, qu'il vient ici tous les ans depuis sa retraite pour tirer deux femelles dont la viande, très tendre, emplira son congélateur, assez de viande pour lui et sa femme jusqu'à la saison prochaine. Le bonhomme est sympathique au point que cinq ou six bières plus tard nous lui offrons de repartir avec la venaison des deux mâles que nous allons tirer. Il accepte, tout en nous demandant pourquoi diable nous venons de si loin. Tabernacle ! C'est à n'y pas croire, laisser sa viande ! Il la prendrait bien volontiers, dommage pourtant que nous tenions absolument à ces porteurs de grands panaches, durs comme les cuisses d'un walker de marathon. Du coup il commande un Johnny qui marche sur les rochers, le boit d'un trait et propose de nous accompagner le lendemain. Peut-être espère-t-il nous faire changer d'avis, le panache étant une chose encombrante, et pas même pratique, prétend-il, pour y accrocher sa casquette.

Alors que nous remontons la rivière, aussi lisse ce jour-là que la peau d'un nouveau-né, nous croisons des caribous qui la traversent. Ils sont une douzaine et parmi eux deux ou trois jeunes femelles qui dérangées dans leur traversée nagent maintenant parallèlement au bateau. À la vue de tant de steaks flottant par le travers à portée de bâton, notre nouvel acolyte empoigne sa carabine et tire avec application les cinq balles que contient le magasin. Aucun des geysers soulevés par les projectiles n'apparaît à moins de cinq mètres de leur cible. La dernière cartouche cependant fait voler par le milieu la partie droite du trophée d'un mâle adulte qui avait pris le large dès le début des hostilités. Le panache en désordre, décoiffé mais indemne, on le voit partir au galop sitôt la terre ferme retrouvée. Défait, notre ami ne songe même pas à recharger. Il regarde son arme encore fumante avec les yeux d'un casseur qui n'aurait trouvé qu'un paquet de vieux Kleenex dans le coffre-fort qu'il vient de forcer.

Nous tentons de le consoler en lui disant que cela vient probablement de la lunette. Impossible nous dit-il, je l'ai montée moi-même et réglée dans mon garage. Il doit avoir un grand garage.

Mauvais armurier, mauvais tireur, ou les deux mon capitaine ? Il faut s'en assurer. Parvenus à notre place, et comme c'est infiniment plus amusant que le tir d'un dadais de caribou, nous prenons les choses en main. À une centaine de mètres flotte un goéland, qui a choisi de se poser là pour regarder passer les animaux : dans le Grand Nord les distractions sont rares. Après six balles, trois chacune, tirées avec sa carabine par mon ami et moi, nous ne faisons pas mieux qu'éclabousser le volatile qui tout à son spectacle ne songe pas même à s'envoler. L'accessoire est monté de guingois et jouer sur les clics de réglage ne fait que le rendre plus imprécis encore. Puis nous lui demandons de tirer à son tour avec l'une et l'autre de nos propres armes que nous nous ferions un plaisir de lui prêter s'il le souhaitait. Le résultat n'est guère brillant mais enfin, sous réserve d'un caribou aussi long qu'un teckel, de beaucoup de chance, et à condition de répéter sans se lasser l'opération, notre ami peut espérer avant la fin du séjour quelque chose comme une balle de patte.

Nos pétarades ont tout de même perturbé le gibier et il faut attendre une petite demi-heure avant qu'il ne consente à reprendre sa route. Se présente tout d'abord une femelle isolée, jugée trop vieille pour passer à la casserole, même en ragoût. Notre Français du Canada, coutumier des viandes fondantes, l'ignore.

Il avait repris sa carabine malgré notre insistance, car, disait-il, il y est habitué et sa précision est OK, les coups un peu à droite peut-être, mais il suffit de le savoir. Sait-on jamais, un animal qui aurait l'idée d'aller beaucoup à gauche pourrait se retrouver sur la trajectoire d'une balle. Mais enfin les probabilités sont minces, nous en avons la confirmation quelques minutes plus tard : ni trop grande ni trop petite, dodue, vivante promesse d'inoubliables agapes, une demoiselle caribou prend son temps pour sortir de l'eau. Elle fait une halte sur la grève pour profiter un peu du soleil, ne se doutant pas qu'elle est dans le collimateur de notre bonhomme. La première balle vient se perdre à bâbord au milieu du fleuve et la seconde fauche la cime d'un résineux alors qu'elle court aux abris. Visiblement une double correction s'avère indispensable, verticale et horizontale.

Notre tireur en convient, mais ajoute qu'il l'a manqué d'assez peu, ce qui est de bonne augure pour la suite. D'autant qu'elle était à moins de vingt yards, une distance où sa carabine n'est pas réglée au meilleur. Le meilleur, c'est quatre-vingt-dix yards. En effet, le garage de sa nouvelle maison fait neuf yards de long et sa méthode, on vise la poignée de la porte et on ajoute dix clics en hauteur pour faire quatre-vingt-dix, infaillible. Il a toujours réglé ses carabines comme cela, dans le temps à cent-vingt yards parce qu'à l'époque la remise faisait douze yards et qu'on pouvait y faire entrer deux vans. Nous reconnaissons bien volontiers le côté pratique du procédé qui évite à tout un chacun de se rendre sur un stand pourvu qu'il ait un box, et nous attribuons son manque de réussite apparent au fait qu'il a dû faire une erreur en relevant les cotes de son garage ou en ne tenant pas compte de la position nouvelle de la poignée de porte.

À en juger par ce qui se déroule avant que ne se termine cette journée, il faut revoir de toute urgence théorie et pratique du réglage : trois femelles supplémentaires échappent au massacre qui sans doute par la suite eurent beaucoup de petits caribous. Puis au retour, ayant annexé la proue du bateau, ce qui lui ouvre un champ de tir considérable, il arrose quelques retardataires à la nage sans plus de résultat. Il a encore trois journées de chasse devant lui mais au train où vont les choses, son épouse est bonne pour des allers-retours au supermarché. Nous n'allons tout de même pas le laisser sur une bredouille et devant la perspective d'un hiver interminable à mâchonner sans entrain une quelconque viande de bœuf.

Lorsque se tait le groupe électrogène grâce auquel une lumière tremblotante nous permet de lire, l'amorce d'une stratégie nous retient de sombrer immédiatement dans le sommeil. Il est décidé que lorsque se présenterait un troupeau ad hoc, composé de mâles adultes et de femelles comestibles, l'un de nous tirerait dans la fraction de seconde la dame caribou choisie par notre homme. Et tout en se maudissant d'avoir manqué un mâle, ce qui s'apparente au tir d'un charolais dans un couloir, le féliciterait pour son coup de carabine. Ainsi nous remplirions son congélateur en ménageant d'autant sa susceptibilité que du même coup nous pourrions lui faire la démonstration de notre propre maladresse. Un plan qu'il est décidé d'appliquer le dernier jour, au cas prévisible où ses balles décideraient irrémédiablement de se perdre dans la nature.

C'est ainsi que nous prenons l'hydravion du retour avec un cousin suffisamment nanti de viande pour envisager l'avenir avec optimisme. Car la viande est bien la seule motivation des chasseurs québécois. Tout est organisé pour que l'abattage, le découpage, le stockage et le transport soient facilités. Le caribou est tiré sur la rive et débité sur place. La carcasse, les entrailles, la tête et les pattes sont laissées aux ours et les bons morceaux chargés dans le bateau par des guides qui pourraient en remontrer à nos meilleurs bouchers. Au camp, la viande est placée dans des cartons étiquetés au nom de chacun des chasseurs, cartons dont les dimensions correspondent exactement à la largeur de l'allée qui sépare les sièges de l'hydravion. Le pilote monte le premier, puis les passagers, qui se retrouvent coincés entre les hublots minuscules et un mur de cartons qui s'élève du plancher au plafond. En cas d'amerrissage difficile, la vengeance des caribous serait implacable, rendant l'évacuation impossible.

À l'arrivée à Schefferville, chasseurs et barbaque, en provenance de tous les campements de chasse, reprennent un vol de nuit sur le DC 4, destination Montréal qu'ils rejoignent vers deux heures du matin. En dépit de l'heure avancée les épouses sont au débarquement, venues récupérer mari et bidoche au volant de 4x4 hauts comme un immeuble et longs comme un paquebot.

Bien entendu, la moitié de notre compagnon est au rendez-vous. Dès que sont terminées les présentations d'usage et sitôt l'annonce faite par son époux de l'excédant de viande qu'il rapporte grâce à nous, elle veut absolument nous inviter à dîner le lendemain. Nous ne savons pas refuser.

Si d'aventure on vous propose du caribou, sautez aussitôt dans le premier avion pour les antipodes. La chair de l'animal est incroyablement filandreuse : essayez de mâcher une pelote de ficelle et vous aurez une vague idée de ce qu'est la viande du brouteur de lichen. En chipotant dans votre assiette, en invoquant un taux d'acide urique qui vous interdit la venaison, vous pouvez en laisser les deux tiers. Reste que la politesse exige que vous ingurgitiez le reste. Si par chance vous disposez d'un couteau affûté comme un scalpel, en découpant la carne en morceaux minuscules avalés comme autant de pilules, vous pourrez peut-être vous en sortir. Sinon priez Dieu pour qu'il y ait un chien dans la maison et faites copain avec lui dès l'apéritif. À tout prendre, mieux vaut accepter une invitation à la grouse : certes l'oiseau, servi sanguinolent comme il se doit, est immangeable, mais au moins sa chasse est passionnante.

Il ne faut jamais s'attendre à rien de bon avec un caribou. À Roissy, nous avons depuis longtemps récupéré nos bagages que les trophées de nos deux mâles ne sont pas arrivés. Nous nous doutons bien que l'envergure de leurs bois interdit un acheminement par les tapis roulants. Effectivement ils nous sont apportés par un bagagiste goguenard qui se révèle être québécois et qui lui n'a pas perdu son accent.

– C'est à vous ces panaches, sont pas trop mal mais j'en ai vu de bien meilleurs.

C'est bien notre veine : nous sommes tombés sur le seul Canadien travaillant aux aéroports de Paris et qui plus est, spécialiste en caribou.

Il nous faut ensuite faire tenir sur le Caddie les fameux trophées, entre valise, sac et étui de carabine, sous l'œil malveillant de touristes revenant du Maroc avec de vrais coups de soleil et de faux Vuitton. Dix fois l'exercice doit être recommencé avant de pouvoir rejoindre les ascenseurs qui doivent nous conduire aux étages supérieurs du parking du terminal 1 de Roissy. L'architecte qui a conçu le bâtiment n'est pas chasseur. Ses ascenseurs sont trop petits, il leur manque vingt bons centimètres pour contenir le trophée d'un caribou, fût-il mollement apprécié des bagagistes. Quant aux portes desdits ascenseurs, elles se referment automatiquement dans la seconde qui suit leur ouverture. Après une douzaine de tentatives et face à la foule qui commence à se révolter, nous devons emprunter l'escalier en manquant d'éborgner à chaque marche les voyageurs qui les descendent. Enfin, après plusieurs allers-retours nécessaires à la récupération de nos bagages, il faut bien charger le tout dans la voiture. Nos essais se soldent par un véhicule difficilement revendable au prix argus, garnitures et sièges déchirés. Finalement je trouve un petit espace où je peux m'accroupir au pied de la banquette arrière et mon ami réussit à se glisser derrière le volant en dépit d'un andouiller qu'il a autour du cou. Ma concierge, qui sort les poubelles au moment où nous arrivons, me voit descendre du véhicule à quatre pattes et emprunter le hall de l'immeuble avec mon étrange fardeau. Depuis elle ne m'adresse plus la parole et je ne lui donne plus d'étrennes.

Quant à mon caribou, il demeura longtemps sur mon balcon, qui fait face à la seine. Ce n'est pas la rivière George mais s'il lui était venu la tentation de nager il aurait pu sauter du septième étage sans que je ne l'en empêche. Un jour j'en fis cadeau à l'un de mes frères qui le mit dans son appartement. Il le trouve très pratique pour y suspendre toutes sortes de choses, et même sa casquette. Comme il habite le Marais, je suis certain que l'animal a retrouvé un biotope lui convenant.

PERMIS À POINTS

Considérant que les chasseurs valent bien qu'on les traite avec autant d'indulgence que les automobilistes, je suggère aux autorités, au prétexte de réduire le nombre des morts et des blessés dans l'exercice de la chasse, et pour plus prosaïquement mettre quelques sous dans les caisses désespérément vides de l'Etat, la création d'un permis de chasse à points.

Je n'y vois que des avantages, et notamment celui d'assouvir l'appétit de nos gardes nationaux en matière de contraventions. Nantis des textes de loi appropriés, se cachant au pied d'un gros chêne ou se dissimulant dans un fossé à la manière des gendarmes derrière les piles de pont, ils pourront guetter à la jumelle le comportement de chacun d'entre nous. Bien entendu reste à déterminer ce que devra être le barème des retraits : copié sur celui qui est appliqué aux chauffards ordinaires et bénéficiant comme eux au départ d'un capital de douze points, nous pourrons nous en voir retirer deux pour les infractions bénignes comme par exemple le tir d'une cartouche à plomb sur une zone humide, ou faire carrément l'objet d'une suspension immédiate du permis en cas d'imprudence caractérisée. Quatre points pourront s'envoler pour non respect de P.M.A. et six pour contrôle positif à la sortie des déjeuners de chasse.

Il suffira d'ajouter à la panoplie déjà conséquente de nos gardes les petits appareils de mesure d'alcoolémie identiques à ceux dont disposent nos pandores. Il va de soi que nous disposerons nous aussi de centres nous permettant, moyennant finances, de récupérer quelques points.

Au lieu et place des images projetées aux automobilistes, voitures broyées, cadavres à la morgue et jeunes gens en chaise roulante, des vidéos pourraient nous montrer l'agonie en lisière de forêt d'un jogger ayant malencontreusement pris dans le ventre une balle de 7x64 et sur lequel s'acharnent avant l'arrivée des secours trois teckels et un fox à poil dur.

Un chasseur ayant tiré sur une espèce hautement protégée, un cormoran par exemple, se verra infliger un documentaire animalier de quatre heures sur la vie et les mœurs de l'oiseau, avec en prime une homélie prononcée par Yann Arthus-Bertrand. Puis il aura droit au discours moralisateur d'un fonctionnaire détaché du ministère adéquat pour cette mission d'importance et devant lequel, au risque de repartir bredouille, il devra adopter profil bas et mine contrite, à l'instar des malheureux qui dans la même semaine ont décroché une fois leur téléphone alors qu'ils étaient arrêtés au feu rouge et dépassé de deux kilomètres heure la vitesse autorisée.

Nous aussi chasseurs devrons faire notre mea culpa et répéter c'est ma faute, c'est ma très grande faute, avant de nous éparpiller à nouveau dans les bois et les champs en bandes joyeuses, comme les élèves des écoles catholiques se ruent dans la cour de récréation après avoir été entendus à confesse.

L'OURS

Je ne sais pas si l'histoire est vraie, je l'ai lue dans un magazine allemand.

Elle se passe en Yougoslavie, avant la guerre ethnique et juste après la mort de Tito.

Bref il y avait des ours en Yougoslavie et ces ours représentaient un apport en devises, comme les cerfs hongrois, les sangliers bulgares ou les faisans de Tchécoslovaquie. Il se fit qu'un Allemand choisit de tirer un ours, en marks sonnants et trébuchants. On l'emmena dans la montagne. Il vit un ours. Il tira l'ours. Il manqua l'ours. Histoire banale. Sauf que l'ours, au coup de carabine, détala comme un zèbre devant une lionne en passe de déjeuner, et enfourcha une bicyclette abandonnée dans un chemin par un ramasseur de champignons.

Il dévala la montagne, traversa le village sur sa monture devant les yeux éberlués de joueurs de dominos assemblés sur la place, et disparut.

Renseignements pris, il s'agissait d'un ours de réforme, acheté en fin de carrière dans un cirque, et transporté la veille sur le terrain.

On ne le revit jamais, ni la bicyclette.

VU SOUS CET ANGLE !

Je viens d'apprendre qu'au Texas les aveugles chassent, la loi ne l'interdisant pas. Il est même envisagé de modifier la législation afin de leur permettre d'utiliser la visée laser. Voilà qui facilitera la tâche de leurs guides: ils pourront donner le signal du tir à l'instant où ils verront le point rouge projeté par l'appareil se promener sur le corps de l'animal. Drôles d'histoires de malvoyance tout de même.

À la lecture de cette information, je n'ai pu m'empêcher de penser à une grande figure du tir aux pigeons vivants, vicomte de son état, participant assidu, de Monte-Carlo à Deauville en passant par San Sébastien et Madrid, de tous les grands championnats d'alors. Pour autant il n'a jamais, jamais, tué un pigeon.

Grand, très mince, d'une élégance extrême, un feutre à larges bords couvrant ses cheveux argentés, le vicomte se présentait au club à la première heure, s'échauffait dans l'armurerie en épaulant son fusil dans les positions les plus variées, gagnait le pas de tir bien avant l'appel de son nom et s'avançait sur la planche, concentré comme un joueur d'échec. Il mettait alors en joue avec d'infinies précautions, la crosse calée au juste creux de l'épaule, la joue plaquée contre le busc, une merveille de position, suivie d'un lent balayage boîte 1 boîte 5 puis retour boîte 3 centrale, canons légèrement en dessous.

Atteint d'une myopie à donner des complexes à Ray Charles, il tirait en se guidant sur le bruit que faisait la boîte en se dépliant, puis tentait de deviner la trajectoire de l'oiseau au claquement de ses ailes. Il ne devait pas avoir une très bonne ouïe non plus car après un temps de réflexion qui permettait aux pigeons les moins rapides de franchir la distance qui sépare la Principauté du cap Corse, le vicomte lâchait ses deux coups avec application à dix heures quand le zurito avait choisi de s'envoler à deux heures.

La plupart des épreuves se déroulant selon la règle du zéro éliminatoire, il ne lui restait plus qu'à regagner son hôtel et attendre le pigeon du lendemain. Bien entendu notre vicomte était adoré de tous les tireurs pour son affabilité, sa grande courtoisie et le fait qu'aucun d'entre eux ne le redoutait dans la compétition.

Il avait cependant un ennemi, baron en titre, dont le coup de fusil était chirurgical et les propos taillés au scalpel. Leurs propriétés se touchaient. Une vieille haine familiale les animait dont les origines remontaient si loin qu'ils ne savaient plus pourquoi leurs ancêtres s'étaient fait la guerre. Un soir que le baron aperçoit son vicomte dans le hall d'un grand hôtel de Vichy en train de chercher ligne après ligne son nom sur l'ordre des tirs du lendemain, le nez collé sur l'affiche à se noircir d'encre, il fond sur lui comme un crécerelle sur un mulot, lui tape sur l'épaule et lui demande:

– Dites-moi mon cher vicomte, une question me tarabuste depuis quarante ans. Vous est-il jamais arrivé de faire une série de deux ?

Comme quoi les nouveautés ne viennent pas toujours d'Amérique: il y a bien longtemps que nous faisons tirer nos aveugles.

DO YOU SPEAK ENGLISH ?

La mode en était passée. Elle revient en force. Il est à nouveau du dernier chic de s'adresser à son chien dans la langue de Shakespeare.

Passe encore que vous utilisiez le français pour mener un Breton, mais vous vous conduiriez comme un plouc si vous n'utilisiez pas l'anglais pour donner des ordres au Retriever qui vous accompagne. Entre Lamotte-Beuvron et Salbris on ne dit plus « apporte » à son retriever mais « Fetch it », pas plus qu'on ne lui hurle des gauloiseries s'il fait des bêtises : dans ce cas, on se contente d'un regard sévère en lui murmurant « naughty boy ».

D'ailleurs, pour conserver une chance d'être réinvité, il est de votre intérêt d'afficher une anglomanie sans faille : paire de best London guns bien entendu, knickers de vieux tweed râpé et flammes obligatoires sur bas de cachemire de couleur vive. J'ai même vu dernièrement un garde qui s'adressait aux invités et aux rabatteurs avec un fort accent d'outre- Manche. J'ai d'abord pensé que son patron était allé le chercher en Angleterre comme tout le reste, ses costumes, ses fusils, ses chiens, sa cane de battue et sa cartouchière.

Fouillant dans ce qui me restait en mémoire de quelques mois passés à Cambridge il y a bien longtemps, je lui demandai en peaufinant ma phrase dans quel véhicule je devais monter pour rejoindre mon poste, « next drive ». N'obtenant aucune réponse, je crus qu'une longue carrière, ponctuée de centaines de milliers de détonations, l'avait rendu complètement sourd.

Muet en tout cas, il ne l'était pas. Car en fin de journée, alors que je sortais du rendez-vous de chasse pour prendre un paquet de cigarettes laissé dans ma voiture, je l'entendis qui essayait désespérément de faire regagner son chenil à une chienne golden baptisée Tatcher, et qui ne voulait rien entendre : *« Nom de Dieu de bordel de merde, vas-tu rentrer oui ou non, espèce de carne ! »*.

Libre à vous d'en conclure que cet Anglais-là devait être particulièrement doué pour les langues et qu'il avait appris le solognot en moins de temps qu'il n'en faut à un avion de ligne pour percuter une tour jumelle. Pour ma part je serais plutôt tenté de croire que pour être embauché, ce solognot-là avait dû suivre des cours accélérés en matière d'accent british. Peut-être existe-t-il une école, à la Ferté ou à Nouan, où l'on ne se contente pas d'enseigner aux gardes la manière d'élever des faisans en volières anglaises. On leur inculque également les bonnes manières du savoir-vivre britannique et cynégétique, le seul qui trouve grâce aux yeux de maîtres dont le snobisme est au diapason d'une fortune récente. Sans doute ne le savent-ils pas, mais il y a un territoire dans le Norfolk où les gardes portent traditionnellement le chapeau melon. Ils feraient bien de s'en inspirer.

Le jour où l'on verra le taupé couvrir les crânes des natifs de Sennely comme les caboches des citoyens de Saint-Viâtre, ce jour-là nous vivrons un grand moment de chasse et de franche rigolade, en France autrefois profonde.

MON DERNIER CHIEN EST SURÉQUIPÉ. J'ADORE.

Je viens d'acheter d'occasion un chien de chasse toutes options dont je tairai la marque. J'en suis très satisfait. Il a peu de kilomètres aux pattes et c'est une première main.

Son précédent propriétaire ne l'a utilisé qu'à la campagne, et encore, très peu, car on lui a retiré son permis pour braconnage. Il n'avait de toute façon plus de quoi payer les traites.

Je crois avoir fait une bonne affaire. Son entretien est presque nul car il a le poil ras de série et fonctionne aux croquettes ordinaires. Il est de plus extrêmement facile à conduire. À vingt ans on peut piquer un cent mètres pour servir un pointer que l'on pilote au sifflet et à coups de pied dans le cul : on ne craint, ni les entorses, ni les infarctus. Mais à mon âge, le confort passe avant les performances. Et de ce point de vue mon nouveau chien est un régal.

Il m'a été livré avec trois colliers, un boîtier de commande à peine plus encombrant que celui de ma télévision et un mode d'emploi traduit du coréen en cinq langues. Un petit temps d'adaptation est certes nécessaire pour maîtriser la bonne utilisation de toute cette électronique embarquée. Il ne faut pas oublier non plus de recharger périodiquement les batteries. Mais pour le reste j'avoue que je ne pourrais plus me servir désormais d'un clébard sous-équipé.

Pensez donc ! Le mien dispose d'un GPS, ce qui fait que je saurais le retrouver dans le bois de mon voisin et même hors du département si d'aventure il lui prenait l'envie de courir jusque-là aux gigues d'un chevreuil. Encore faudrait-il un dysfonctionnement de son ASG *(automatic stop game control)*, un système qui se déclenche automatiquement lorsque le chien poursuit un animal, d'abord par une alarme sonore dont le volume va croissant, puis par des impulsions électriques dont l'intensité augmente elle aussi. Bien entendu il a le BCS (bark control system) de dernière génération, qui l'empêche d'aboyer. Il est réglable sur quatre positions, voix de son maître préenregistrée (j'ai conservé en dépit du caractère un peu rude de l'injonction, « Ta Gueule ! », celle de son ancien patron), jet de citronnelle dans les narines, décharges électriques, ou le tout à la fois. Si après cela le chien ne cesse d'aboyer, c'est que la théorie de Pavlov est à revoir, que passe une caravane ou que vous êtes cambriolé. Toujours est-il que mon nouveau médor est muet comme un dealer en cours d'interrogatoire et ne franchit jamais les limites de mon jardin, fût-ce pour rejoindre les trois chiennes toujours en chasse de mon village, grâce encore à l'équipement high tech dont il est doté.

Bref je suis content de mon achat, d'autant qu'il est encore sous garantie. S'il tombe en panne, j'attendrai pour le remplacer que sortent les derniers modèles. Au chenil concessionnaire de sa race où je l'ai mené pour une révision, les vendeurs m'ont assuré que dans ceux à venir, tous les équipements seraient implantés sous la peau.

C'est vrai qu'à bien le regarder il est un peu trop hérissé d'antennes. Ça ne donne guère envie de le caresser.

EN VIEILLISSANT

En vieillissant je tire de plus en plus mal. Tenez, avant-hier encore, j'étais l'invité d'une célèbre chasse de perdreaux. Je soupçonne même les cartes d'avoir été un peu traficotées pour me réserver les meilleurs postes aux meilleures traques.

Et de fait un ciel limpide que traversait une bonne brise d'automne me propulsait compagnies sur compagnies. Tirant de légers bords, elles m'arrivaient droit dessus, chaque oiseau modifiant en permanence au sein du groupe vitesse et trajectoire. Il fallait en choisir un, l'attaquer bien devant, puis un second, lui aussi tiré devant. Je savais cela depuis mon adolescence et j'y parvenais assez bien. Au fil des ans, la fréquence de mes doublés m'avait valu une petite réputation, génératrice d'invitations nombreuses et de tirages au sort parfois bidouillés.

Seulement voilà, je n'ai plus vingt ans. J'ai tiré avant-hier comme une pompe à vélo, et ce n'est pas la première fois. Le mois dernier, il m'est arrivé de faire à trois reprises des prestations du même genre. Une vraie mazette. Il me semble pourtant que ma vue est encore bonne, comme mes réflexes. Et dans tous les cas, j'avais passé une excellente nuit. Serait-ce une incapacité à désormais apprécier les distances ?

Toujours est-il qu'à chaque fois j'attaque le premier perdreau beaucoup trop tard, alors qu'il me déborde. Je lâche mon premier coup de fusil n'importe comment à la verticale, retourne tant bien que mal ma vieille carcasse et tire le second sur le dernier oiseau de la compagnie, déjà hors de portée. Un désastre. Mon labrador me coule des yeux désespérés et mes voisins font semblant de s'apitoyer. Ils aimeraient surtout prendre ma place car eux n'ont jamais rien à tirer, tout le gibier est pour moi, dans toutes les traques. Et je tire. Et je manque. Et je m'applique. Et je manque toujours. Il n'y en a que pour moi sur la ligne, on ne regarde que moi. Si j'avais eu ces postes-là à trente ans, quels tableaux j'aurais faits ! Un gâchis.

Dire qu'il y a des gens pour prétendre qu'il n'y a plus de perdreaux. Zut, une compagnie encore et merde elle est toujours pour moi. Heureusement les rabatteurs sont proches, la battue se termine.

Le garde sonne la fin de traque au moment précis où le réveil interrompt mon rêve. Je suis en nage, il pleut sur la ville et j'ai rendez-vous dans une heure chez un médecin. Avec l'âge, il arrive que de beaux souvenirs se transforment en cauchemars.

À BOUT PORTANT

TABLE DES MATIÈRES

Achevé d'imprimer en septembre 2011
Photogravure : Numériz'art, Gravigny (27)
Impression : Groupe Qualibris
Dépôt légal : novembre 2010
ISBN 9782355901768